바람의 파수꾼

시작시인선 0522 바람의 파수꾼

1판 1쇄 펴낸날 2025년 2월 3일
지은이 이은봉
펴낸이 이재무
기획위원 김춘식, 유성호, 이형권, 임지연, 차성환, 홍용희
책임편집 박예솔
편집디자인 민성돈, 김지웅, 정영아
펴낸곳 (주)천년의시작
등록번호 제301-2012-033호
등록일자 2006년 1월 10일
주소 (03132) 서울시 종로구 삼일대로32길 36 운현신화타워 502호
전화 02-723-8668
팩스 02-723-8630
블로그 blog.naver.com/poemsijak
이메일 poemsijak@hanmail.net

ⓒ이은봉, 2025, printed in Seoul, Korea

ISBN 978-89-6021-796-6 04810
     978-89-6021-069-1 04810(세트)

값 11,000원

바람의 파수꾼

이은봉

천년의시작

시를 못 쓰면

오늘 아침 시를 못 쓰면 시인이 아니다 이 말 마음속 깊은 노트에 만년필로 꼭꼭 새겨 놓는다

아직은 심장 펄떡이거늘
무엇인들 못 쓰랴
좋은 시가 못 되더라도
부지런히 쓰고 또 써야 한다

오늘 아침 시를 못 쓰면 오늘 저녁에라도 시를 써야 한다 시를 쓰지 않고 어떻게 시인이라고 말하랴.

부는 바람에 흔들리는
새하얀 부추꽃에도 시는 들어 있다
뒷걸음치는 리어카의
낡은 바큇살에도 시는 들어 있다.

차 례

시인의 말

제1부

제2부

제3부

제4부

해 설

제1부

봄비 소리

삼월 초사흘
아침 창가에서 듣는 봄비 소리
방울방울, 자그마하다

찌지골찌지골
달뜬 참새들의 저 노랫소리
잘 보인다
잘 들린다

'푸른길' 공원
여기저기 튀어 오르는 봄비 소리
눈 감아도 동글동글하다.

영산홍 꽃 무더기

누가 나를, 내 속창아리를

여기 이렇게, 뻘겋게

시뻘겋게 토해 놓았나

제멋대로 뒤엎어 버린 채!

나뭇잎 나비 물고기

땅바닥에 떨어져 내리기 전까지
나뭇잎은 어린 나비다

불어오는 찬바람에
나뭇잎 나비 한껏 몸을 맡긴다

시냇물 속으로 떨어지며
물고기가 되는 나뭇잎 나비

나뭇잎 나비 물고기가 시냇물 따라
꼬리 치며 흘러내려 간다.

어린 느티나무에게

비가 되어 흙을 적실 수는 있다
바람이 되어 가지를 흔들 수는 있다

볕이 되어 잎을 쪼일 수는 있다
거름이 되어 뿌리를 껴안을 수는 있다

더디게 자라는 어린 느티나무야
먼 내일의 크고 단단한 우듬지야

아무리 마음 급하고 바빠도
너를, 네 모가지를 쑥 뽑을 수는 없다.

청매화 화들짝, 화

병풍골 부채밭 가는 길가
청매화 화들짝, 화 피어 있다
송천 냇물, 나지막하게 흐르는 길가
청매화 향기 만나러 가야 한다

나라도 만나러 가지 않으면
청매화, 이 여린 친구
얼마나 서러울까 그 참 풋풋한 친구
설움도 좀 달래러 가야 한다

오늘은 거기 내 작은 설움도
화들짝 화, 피어 있다
그것도 좀 어루만지러 가야 한다
더러는 나도 슬플 때 있다

슬픔은 설움, 설움은 우울,
우울은 송천 냇물가 나뭇가지에 걸린
허름한 티셔츠다 찢어진 팬티다
거기 청매화 화들짝 화, 피어 있다.

여름 한철

여름 한철에는 모시옷이 최고지
모시옷이 최고로 가볍고 시원하지

아버지 살아 계실 때
모시옷 날아가게 갖춰 입고
중절모 멋지게 쓰고
읍내로 나들이 가고는 했지

아직 살아 있는 늙으신 어머니
내게도 모시옷 한 벌 해 주었지

아버지 살아 계실 때처럼
나도 모시옷 날아가게 갖춰 입고
중절모 멋지게 쓰고
읍내로 나들이 가야지

읍내로 나들이 가서는
모시옷 더 기막힌 나태주 시인 만나야지

시 얘기, 그림 얘기, 사랑 얘기

실컷 듣고 배워야지
깔깔거리며 웃고 떠들다가 와야지
한 10년 젊어져 돌아와야지.

마음공부

옥수수가 익는 늦여름이다
잡풀 마구 우거진 옥수수밭에 들어가
옥수수의 멱을 비틀어 딴다

어디서든 옥수수밭에 들어가면
옥수수처럼 질긴 멱을
비틀어 따고 싶은 사람이 떠오른다

끔찍하지만 어쩔 수 없다
이순이 지났는데도, 아직 내 마음,
내 마음대로 되지 않는다

오늘도 마음공부를 하기 위해
나는 남, 남은 나, 하나는 둘, 둘은 하나
낯익은 주문, 외우고 또 외운다.

올해 여름 바람은

올해 여름 바람은 참 게으르다
저녁이 다 되어서야
메마른 입김 내뱉는다
길가의 가로수 잎들 만져 본다

가로수 잎들 속에 숨어 사는
크고 작은 생명들
갖가지 미물들
마지못해 허공 위에 꺼내 놓는다

애써 딱딱한 입김 불어 대
겨우겨우 그것들
허공에 내다 말리는
올해 여름 바람은 좀 이상하다

꼼짝도 안 하던 여름 바람
아예 정신 잃었는가
시궁창 속에 고개를 처박고
헉헉, 가쁜 숨 몰아쉬고 있다.

등불

아득히 펼쳐져 있는 벌판,
등불은 저 혼자 어둠 속 걷는다
걸을수록 시름이 부푼다

하늘에 켜진 별빛을 따라
터벅터벅 걸어가는 등불,
다리도 아프고 허리도 아프다

불빛 밝은 도시가 가까워지자
차츰 흐릿해지는 별빛,
마침내 사라져 보이지 않는다

여전히 어둡고 캄캄한 벌판,
이제 어디로 가야 하나
등불은 자꾸만 눈 감았다 뜬다.

크고 둥근 책
—묘법연화경

잠시 쉬면서 시간을 보내려고
침대 위에 지친 몸 내던진다

거기 환하게 피어오르는
닫힌 마음속 새하얀 불빛들

눈, 코, 귀 막고 멍때리며
읽는다 아스라이 떠오르는

새하얀 불빛들 속 크고 둥근 책……
그윽한 연꽃의 향기 들린다

책이 만드는 저 지혜의 향기라니
송이송이 연꽃들 피었다가 진다

깊은 곳

깊은 곳은 어디나 검고 어둑하다 검고 어둑한 곳은 어디나 푸르고 그윽하다 그곳, 으스스 소름이 돋는 곳, 그곳에는 오래된 멧비둘기가 산다

멧비둘기는 땅의 생명, 멧비둘기는 땅의 평화
생명이 땅을 떠나고 있다 평화가 땅을 버리고 있다

이제 더는 멧비둘기가 살지 않는다 소름도 돋지 않는다
하늘도 사람이 하는 이상한 짓 바라만 보고 있다

검고 어둑한 곳이 사라지고 있다 푸르고 그윽한 곳이 사라지고 있다 이제는 누구도 쉽게 그곳, 깊은 곳에 이르지 못한다 어디든 불빛 환하게 켜지고 있다

밤하늘의 별

올해 여름에는 밤하늘의 별 보러 가야지
불빛 전혀 없는 어두운 곳으로 가야지

서울의 불빛, 지금 너무 밝지
어디에서도 별 보이지 않지

금강가의 밤하늘에는 별이 잘 보일 거야
어디에서도 불빛 비치지 않으니까

금강가도 공주나 부여 같은 도시는
오늘의 서울 거리처럼 밝고 환하지

청벽에서 멀지 않은 솔숲 근처에는
불빛 없을 거야 아주 캄캄할 거야

거기 대나무 평상 위에 벌렁 누워
손에 잡힐 듯 반짝이는 별 보아야지

그렇게라도 우리 오래된 희망과 꿈
바라보아야지 지금은 잘 보이지 않더라도.

참 많은 세월 흘렀어도

아버지가 세상을 뜬 지도 벌써 13년이다
참 많은 세월 흘렀어도 가끔은
후적후적 걷던 아버지, 보고 싶을 때가 있다
그때마다 귀퉁이가 깨진 거울을 본다

거울 속에는 아버지의 얼굴을 한
웬 중늙은이가 서 있다 귀퉁이가
깨진 얼굴을 하고 아버지, 하고 부르면
오냐, 하고 어색하게 대답하는 소리 들린다

이 낯선 중늙은이 아버지를 어쩌나
어머니의 몸짓을 하며, 또 다른 중늙은이 아내가
엉덩이를 툭, 친다 낯익은 어머니와 함께
머리가 허옇게 센 아버지가 거기 서 있다.

은봉 기계

그동안 너무 함부로 사용했나
은봉 기계 자꾸 고장이 난다

뭐 생산된 연식으로 보면
고장 날 때도 조금은 되었다

더러는 고장이 나더라도
사용할 수 없게 되면 안 된다

닦고 조이고 기름칠해야 한다
정성을 다해 돌봐야 한다

고장 난 곳 열심히 고쳐 가며
한동안은 더 사용해야 한다

아직은 이 낡고 오래된 기계
해야 할 일이 조금은 더 남아 있다.

맛있다 천국

광천동 시외버스 터미널이다
또다시 공주로, 서울로 떠나야 한다

뱃속에서 쪼르륵 소리 들린다
근처의 '김밥천국'에서
야채김밥 두 줄 산다

손에 쥐니 따듯하다
생수도 한 병 더불어 산다
은박지로 싼 야채김밥

구석진 자리에 주저앉아 먹고 마신다
맛있다 천국이 따로 없다.

가방들

어쩌다가 우리 집에까지
굴러 들어온 가방들
이렇게 저렇게 방구석에 처박혀 있다
아내의 핸드백과 함께
마구 뒤엉켜 있는 가방들……
저 낡고 구겨진 가방들
오래 바라보고 있으면
'아버지 가방에 들어가셨습니다'
하고, 말놀이를 하고 싶어진다
집에 가방이 많으면 방도 많은 것 같다
책가방, 돈가방, 등산 가방도
방은 방이다 세상은
아직도 내게 책가방을 들고 다니게 한다
책가방보다 좋은 가방은 없다
차마 버리지 못해
방구석에 쌓아 놓은 가방 중에는
아버지가 물려준 가죽 가방도 있다
무언가 가득가득 담고 있는
방구석, 저 낡고 오래된 가방들!

황사의 말

사막을 건너왔어요 바다 건너 아주 먼 나라에서
날아왔어요 노랗고 가는 미세먼지로 떠나왔어요

오늘 밤은 '푸른길' 공원, 어린 솔잎 위에서 자요
너무 높은 곳이라 아슬아슬 떨리네요

나도 피부가 노란 다문화 가족이에요
이 집 식구들처럼 이른 새벽부터 고생하지는 않지만요

내일 아침이면 부는 바람, 내리는 비 따라
땅에 떨어져 푹, 젖은 흙이 되겠지요

이곳까지 오는 동안 나도 내가 참 싫었어요
미세먼지로, 흙먼지로 사람들의 코와 입을 막았거든요

컥컥컥, 더는 사람들의 숨 막지 않을 거예요
이미 땅에 내려와 거름이 되고 있잖아요

그래요 나처럼 이 나라 사람들의 역사도
사막 건너, 바다 건너 아주 먼 나라에서 왔지요

>

앞으로는 이곳에 뿌리내리고 살아보려 해요

노랗고 가늘게……, 사람들 눈에 띄지 않아도 좋아요.

성탄절 아침

유리구슬처럼 반짝이는 겨울 햇살
푸르지오 아파트 좁은 앞마당
풀썩, 떨어져 내린다
구르는 겨울 햇살 따라 아무렇게나 뒤섞이는
차고 시린 눈송이 몇 점
하늘 멀리 솟구쳐 오른다
어젯밤 길음로를 적시던 성탄절 노랫소리
뿌연 먼지로 남아 돌산 언덕 위
나지막하게 흐른다 고개를
기웃대던 참새 몇 마리,
자작나무 깡마른 잔가지를 하얗게 흔들며
허공 향해 날아오른다
북한산 저쪽 하늘가, 잿빛 구름을 헤치며
아기 예수의 울음소리 들려온다
허물어지는 마음 자꾸 부추겨 세우며
주섬주섬 겉옷 챙겨 입는다
울음소리 들리는 곳 찾아 다시 길 나선다.

혀

입속의 혀가 되어 달라고요 그게 아니라고요 아, 예, 입
속의 혀를 달라고요

혀어, 혀를요 어떻게든 혀 봐야 하나요 너무 어지럽네요
대마초라도 피운 것 같네요

한때 혀를 받은 적이 있기는 해요 처음 혀를 받았을 때는
아랫도리가 후들후들 떨렸지요

그때의 혀, 지금은 다 잊어버렸지만요 기억조차 아슴아
슴하거든요

정말 제 혀를 달라는 것은 아니겠지요 제 혀를 달라는 것
은 노예가 되어 달라는 것인데요 말을 달라는 것이니까요

나는 채널에이나 티비조선이 아니에요 노예가 아니에요
혀를, 말을 주면 내게 무엇을 줄 것인데요 돈을 줄 것인가요

돈으로 안 되는 것도 있어요 돈으로 못 사는 것도 있어요
돈 받고 혀를, 말을 팔 수는 없어요.

바람의 파수꾼

무엇으로 어떻게 바람을 지키겠다는 것인가 그대는
손오공처럼 구름을 타고 하늘로 올라가 바람을 지키겠다
는 것인가
이마에 손을 올리고 저기 아득한 허공을 주욱 둘러보고는
불어오는 바람을 꼼짝 못 하게 잡아 한군데 꼭 묶어 두겠
다는 것인가
킥킥킥, 새들이 웃는다 새들의 웃음소리가 들리지 않는가
바람은커녕 새들조차 지키지 못하는 것이 그대 아닌가
바람보다 먼저 새들이나 지켜 보시지
새들보다 먼저 구름이나 지켜 보시지
새들도 제대로 지키지 못하면서
구름도 제대로 지키지 못하면서
무엇으로 어떻게 바람을 지키겠다는 것인가
도대체 무슨 근거로, 무슨 이유로 그대
바람을 지켜야겠다고 생각하는가
바람은 사람, 사람은 마음, 마음은 자유……, 자유가 발길
을 만들고, 발길이 역사를 만들지
바람을 지키겠다는 것은 역사를 지키겠다는 것
무엇으로 어떻게 역사를 지키겠다는 것인가
지키겠다는 것은 가두겠다는 것, 무엇으로 어떻게 그대,

바람을 가두겠다는 것인가

　바람은 흐르는 것, 바람은 달리는 것

　그렇지 바람은 여기저기 스며드는 것, 그러다가 별안간
솟구치는 것, 아직도 그대는 구름을 타고 있는가

　그대가 타고 있는 구름은 뜬구름

　손오공의 흉내 그만두고 얼른 땅으로 내려오시게

　땅에 깊이깊이 뿌리를 내리고 미루나무처럼 하늘을 향해
머리칼이나 날려 보시게

　실은 이것이 바람을 지키는 일

　지금은 바람이 그대의 여린 잎사귀들을 부드럽게 어루만
지고 있잖나.

찌질한 피곤

몸이 자꾸만 아래로 가라앉는다 전신 거울에 몸을 비추어 본다 웬 할아버지 한 분이 거기 서 있다

어디서 본 듯한데, 저분이 누구시지 저분도 이제 늙는구나

침대 위로 몸을 던진다 배를 깔고 누워 몸을 뒤척이다가 꼬마전구의 단추를 누른다 화들짝, 불이 들어온다

벗겨져 있는 안경이며, 흩어져 있는 책이며, 너저분한 필기구들이며……, 이내 눈이 감긴다

머릿속으로 지쳐 빠진 활자들이 기어 다닌다 환상, 불확실성, 상상, 확실성, 감각, 이성…… 오늘 낮 책에서 읽은 단어들이다 밥알들이다

무엇이라도 좀 끼적거려 볼까 연필을, 밥알을 들었다가 내려놓는다

저녁밥을 해야 하는데……, 쌀 씻기가 싫다

중화루에 전화를 걸어 볼까 짬봉밥을 시켜 먹을까 스르륵, 눈이 감긴다

찌질한 피곤이 몰려와 너무 늦은 하루, 꿀꺽 삼켜 버린다 노릿노릿 몸이 구워진다 아랫도리의 힘이 쭈욱 빠진다.

제2부

갈대

속이 텅 비어 있는 갈대,

갈대는 흔들려야 부러지지 않는다

속이 텅 비어 있는 당신,

당신도 흔들려야 부러지지 않는다.

큰 강물
―소녀상에게

내 마음의 넓고 큰 강물,
출렁거리며 네게로 흐른다
이렇게 흐르는 큰 강물,
네 마음에 이르러 눈물이 되어서는 안 된다

백 년 전 그때는 아무나 네게
절망과 짐승을 강요했다
슬픔과 고통을 강요했다
아무런 이유도, 아무런 설명도 없이

지금은 큰 강물이 된 네 앞에
국화꽃 송이송이 내려 쌓인다
차고 시린 눈보라 속에서도
너는 국화꽃처럼 밝고 환하게 피어나야 한다.

밤에는

파도야 자꾸만 떠들어 대지 말거라
섬아 자꾸만 지껄여 대지 말거라

바다야 밤에는 너도 쉬어야 한다
바위야 밤에는 나도 입 다물고 누워야 한다

산아 밤에는 너도 눈 감고 싶겠지
나무야 밤에는 나도 잠들고 싶단다

별아 너도 보고 있는 것이냐
달아 너도 듣고 있는 것이냐.

파도야 밤에는 누구나 쉬고 싶은 거란다
섬아 오늘은 나도 그만 푹, 잠들고 싶구나.

풀 냄새를 흩날려

아들이 왔다 먼 곳에서 공부하는
아들은 할아버지가 보고 싶다고 했다
할아버지가 사는 곳은
벌써 풀들이 잔뜩 우거져 있었다

아들은 낫을 들고 할아버지를
만나러 갔다 할아버지가 사는 곳 입구에서부터
아들은 낫을 휘둘렀다 이미 흙이 된
할아버지는 반가워도 아무 말 못 했다

할아버지는 끝내 손자를 안아 주지 못했다
낫에 잘린 풀 냄새를 흩날려
손자의 마음, 다잡아 줄 뿐이었다
나뭇잎을 흔들어 사랑 전해 줄 뿐이었다.

살비듬들

허리춤에서, 옆구리에서 살비듬들
우수수, 떨어져 내린다 말라비틀어진
저 죽음의 조각들, 그동안은
머리카락 속에서만 사는 줄 알았다

아무 데서나 허옇게 쏟아져 내리는
저 죽음의 부스러기들,
아하, 내 몸 구석구석에서
나와 더불어 아주 오랫동안 살아왔구나

허벅지에서, 사타구니에서
부스스, 떨어져 내린다 저 삶의 찌거기들
이제는 남은 내 생명보다
훨씬 더 커진 저 늙은 죽음의 파편들!

기차를 타고

기차를 타고 다시 또 어디론가 떠난다
실은 집으로 돌아가는 거다

집에는 늙으신 어머니와 더불어 늙어 가는
아내가 기다리고 있다

객지를 떠돌며 어지럽게 살다가
나, 너무 쓸쓸해져
기차를 타고 고향으로 돌아가는 거다

고향으로 돌아가겠다는 그리움도, 기다림도 없이
어떻게 사나 이 설운 세상, 어떻게 버티나

멀리 바라다보이는 검고 푸른 산기슭 아래
옛집이 있었다 이제는
옛집으로 돌아가지 못한다

저 옛집, 대도시가 들어서면서
순식간에 무너져 버렸다 주춤주춤 망설이다가,

\>

기차 안 간이매점에 들러
도시락을 산다 도시락 속에도

늙으신 어머니와 더불어 늙어 가는 아내가 있다
촉촉한 사랑이, 낡고 오래된 평화가 있다
돌아가야 할 집이 있다.

드높은 밤

깊은 밤 여린 빗방울들이
가늘고 긴 손가락으로
낡아 빠진 내 작은 아파트 창문을
또독또독 두드린다

아파트 창문을 두드리는
빗방울들의 손가락 노크 소리
아주 크게 크게 들린다
자정이 지난 늦은 밤 시간

소리들 이처럼 크게 들리는 것은
이 밤, 나 홀로
깨어 있기 때문이다
잠들지 못하고 있기 때문이다

아직도 어릴 때의 푸르른 꿈이
새벽안개처럼 가슴 안팎을
이리저리 쓸고 다니는 쓸쓸한 밤이다
쓸쓸하다는 것은 드높다는 것!

붕어곰

붕어곰을 잡수시고 어머니는 차츰 기운을 차렸다 붕어곰을 곤 붕어는 조치원 장날 난전에서 샀다

붕어를 파는 젊은 새댁의 낯빛이 맑고 고왔다 어머니의 낯빛도 한때는 저처럼 맑고 고왔는데……

젊은 새댁의 맑고 고운 기운이 어머니한테 들어왔을까 생강나무 꽃이 피면서 어머니는 조금씩 기운을 차렸다

객지를 떠돌며 살아야 하는 내 마음도 조금씩 펴졌다 마음의 여기저기에서 산수유꽃이 피기 시작했다.

컵 안의 사막
—배선한의 그림에 부쳐

플라스틱 컵 안에도 사막은 있다
거칠고 투박한 황무지는 있다
선인장이 자라는 모래언덕은 있다

컵 안의 사막에서 성큼성큼 자라는
초록빛 가시 선인장을 보아라
제 몸 가득 붉은 꽃 피우고 있다

꽃은 생명, 꽃은 사랑, 꽃은 평화
배경으로 빛나는 하늘도 있다
볼수록 푸르게 빛나는 그림자도 있다.

장마 전의 부사들

장맛비가 오려나 오늘은 너무 졸린다 아침부터 머릿속이 몽롱하다 흐릿하다 어지럽다

아주 넉넉히 매우 충분히 너무 자꾸 참 몹시 무척 된통 제발 실컷 심하게 상당히 대단히 굉장히 되게 겁나게 직사하게 억수로 끝내 지지리……

피곤하다 눈이 귀가 코가 혀가 살이 자꾸 시나브로 마침내 엄청나게 기어코 감긴다

장마 전이다 까맣게 어둠이 몰려온다 주룩주룩 비가 쏟아질 때까지 참아야 한다 깜박 잠들면 안 된다 정말로 참말로 진짜로 반드시.

팔월의 반성문

매미 울음소리 요란한 팔월 보름이다
시원하면서도 시끄럽다

매미 울음소리에 푹 빠져
지난날들 멍청하게 되돌아본다

올해 들어 무슨 일을 했나
무슨 일로 그리 바빴나

너무 피곤해 짜증을 부린 일
가슴을 치며 후회하고 반성한다

아직 덥다 너무 덥더라도
함부로 신경질을 부려서는 안 된다

세상일 다 내게서 비롯되거늘
조심하고 또 조심해야 한다

여름에는 가을이 들어 있다
팔월에는 구월이 들어 있다

>

오늘은 고되고 아프고 힘들지만
내일은 여전히 기쁘고 즐거우리라.

문어文語

문득 '문어'라고 쓰고 보니
글월 문文자에 말씀 어語자가
떠오른다 한때는
청와대의 '문어대가리'가 떠오르더니

'문어'라고 쓰고
글월 문文 자에 말씀 어語 자를 떠올리는 내가
조금은, 아니 많이도
딱하다 불쌍하다 한심하다

배아지가 불러졌기 때문일까
문어라고 쓰고
문어 숙회를 떠올리지 못하는 것은

문어 숙회를 좋아하는
옛 친구들, 만나지 못하기 때문일까
더는 그들의 잔치에
초대받지 못하기 때문일까

나는 아직도 문어 숙회의 맛

떠올리지 못해 쩔쩔매고 있다

자주 좋은 말을 듣고

좋은 글을 읽지 않기 때문일 수도 있다.

이상기후

태양 속 흑점이 많아졌나 천지의 운행에 변화가 생겼나

날씨가 갑자기 추워지더니 사람들 우르르, 저승으로 끌려간다는 소식이 온다 모두 심장마비란다

헉, 나도 가슴이 뻐근해진다

천지의 운행이 바뀌면 몸의 운행도 바뀌나 이러다가 나도 어떻게 되는 것 아냐

어저께 이승을 떠난 옛 친구의 아내를 추모하며 근조 봉투를 쓰다가 생각한다

수시로 변하는 대지의 기운에 대하여, 이상기후에 대하여, 느닷없는 늦가을의 극한 추위와 사람의 운명에 대하여……

별들의 운행에, 지구 생태계에 문제가 생겼나

누구는 지나친 온실가스 때문이라고 한다

여기저기에서 사람들 우수수, 이승을 떠났다는 소식이 온다 슬픔이 온다 눈물이 온다 울음이 온다

저 저승사자, 한번 세상에 내려오면 한 사람만 데리고는 지옥으로 못 가나

오늘 하루도 이곳저곳 근심과 걱정이 많은 날이다.

판옥선 한 척

늙은 사공들, 그만 미쳤나 보다
조선 수군의 판옥선 한 척,
미국 서부 모하비사막 위
엉금엉금, 밀어 올리고 있다

임진왜란 때 이순신 장군이
왜군과 싸워 이긴
바로 그 바닥 넓은 판옥선이다

언제부터인가 이 판옥선 한 척,
모하비사막 모래 언덕 위
아무렇게나 널브러져 있다

배 안 조선 수군의 오래된 시체들,
마른 나뭇가지처럼
비쩍 말라 툭툭, 부러진다

몇몇 일반 백성들의 시체도
거기 말라비틀어지고 있다
사방이 빠르게 어두워 가고 있는데
까악까악, 까마귀들 울고 있는데.

시월

시월은 깜박, 졸기에 아주 좋은 달이다
그대도 좀 졸며 깨며 쉬어야 한다
시월에는 툇마루 끝 낡고 오래된
사각기둥에 지친 몸 기대고 앉아
먼 하늘 오래오래 바라볼 수 있어야 한다
배워야 할 것이 참 많다 시월에는
마당가 찢어진 채 떨어져 나뒹구는
낙엽의 마음부터 먼저 배워야 한다
시월에는 그대 또한 꾸벅꾸벅 졸며
낙하의 마음을 가꾸고 보듬어야 한다
잠깐 졸다가 고개 푹, 떨어뜨린 채……
그렇게 졸다가 깨면 누군가에게
핸드폰 카톡 문자 따위 보내도 괜찮다
시월은 그리운 사람 그리워하기에
딱 좋은 달이다 핸드폰 사진 속
옛 애인의 얼굴 좀 들여다보면 어떤가.

하루의 스위치를 내리며

　몽롱하다 어지럽다 어디선가 물 젖은 솜뭉치 따위 어깨 위로 툭, 떨어져 내린다

　금세 물 젖은 솜뭉치 따위 두 어깨에 가득 짊어진 늙은 당나귀가 된다

　이 무거운 것들 어깨에서 등허리 쪽으로, 다리 쪽으로 자꾸 흘러내린다

　하늘의 먹구름, 벌컥 땅 위로 뛰어내린다 마음이 말갛다 은전처럼 뽀얗다

　더 이상 해찰해서는 안 된다 오늘은 하루의 스위치를 내려야 한다 첨벙, 잠 속으로 뛰어들어야 한다

　그래야 내일 아침이 온다 아침의 들뜬 가슴속에서 어린 참새들 밝고 환한 목소리로 노래한다.

바꿔야지 고쳐야지

바꿔야지 고쳐야지 하며 살아온 세상이다

그렇게 살아온 역사가 반백 년을 훌쩍 넘고 있다

조금쯤 달라지나 싶었는데, 조금쯤 변하나 싶었는데 어
느새 역사가 거꾸로 돌아가고 있다 뒤로 돌아가고 있다

이를 어쩌나 이를 어쩌나

매일매일 걱정만 하다가 나 먼저 바꿔야지 나 먼저 고쳐
야지 솔선수범해 온 지 오래다

이런 정도의 실천만으로 어떻게 좋은 세상을 만드나

억지라도 오늘을, 내일을 믿어야지

사람을, 사람의 역사를 믿어야지

사람은 조금씩 저 자신을 고쳐 나가는 존재, 역사는 조금
씩 저 자신을 바꿔 나가는 존재

그렇게 믿어야지, 하고 중얼거리다가도

이런저런 걱정에 빠진다 이렇게 저렇게 자위하다 보면

세상, 더러는 과거로 돌아가지 않는 것도 있다

조금씩 앞으로 나아가는 것도 있다 조금씩 나아지는 것
도 있다.

짐승

먼먼 옛날 참으로 어렵게 나는 내 안의 짐승으로부터 떠났다 그때는 내 안에도 검고, 희고, 붉은 짐승이 살고 있었다 아주 싸가지 없는

짐승은 자연, 자연은 사물, 사물은 식물, 식물은 동물, 동물은 광물……, 식물과 동물과 광물로부터 떠나면서 나는 한 말씀을 얻었다

말씀은 신神, 신神은 법法, 법法은 이理……, 그렇게 나는 오래전 짐승을 떠나 인간이 되었다

인간은 질서秩序, 질서秩序는 원리原理, 원리原理는 법法……, 나는 늘 법을 받들며 살았다 법과 더불어 살았다 법이 되기를 빌었다

마침내 나는 법이 되었을까 법이 되지는 못했다 법이 무엇인지 알기는 했다 그저 법을 살 따름이었다

끝내 나는 짐승을 떠나지 못한 채 살았다 여전히 짐승과 더불어 살았다 법이 머물지 못하는 짐승……

별안간 꿈틀꿈틀 짐승이, 식물이, 동물이, 광물이 내 안을 꽉 채워 오고는 했다 법을 살면서도 나는 자주 짐승을, 자연을, 사물을 그리워했다 밤이 되면 더욱 심했다

사물은 사물의 숲은 오늘도 어두웠다 희고 검었다 잘 보이지 않았다 걸핏하면 충동이, 발작이, 황홀이 딱딱한 막대기를 들이밀고는 했다.

마음속 작은 나라

마음속 작은 나라가 있다 평생을 두고 내가 가꾸어 온 나라…… 더러는 그 나라, 꼼꼼히 들여다볼 때 있다

얼마나 높아졌나 얼마나 깊어졌나 얼마나 넓어졌나 거듭해 되물어볼 때 있다

되물어보다 보면 자꾸만 폭폭해진다 불안해진다 초조해진다

마음속 작은 나라라는 것이 있기는 하나

말로는 설명이 안 되는 나라, 멀리 내려다보이는 푸른 숲처럼 검고 그윽한 나라……, 가까이 다가가 보면 초록 잎도, 붉은 꽃도 피어 있다

깊은 산골짜기를 껴안고 있는 나라

계곡물 졸졸졸 흘러내리는 나라

다람쥐와 산토끼도 살고, 이리와 승냥이도 사는 마음속 작은 나라

조금쯤 떨어져 바라보면

오랜 기쁨과 사랑과 즐거움만이 아니라

몇 가닥 고요도, 상처도, 슬픔도, 꿈도 사는 나라, 장엄한 진실도 제 모습 감추며 사는 나라, 더러는 발광도, 설움도, 짜증도, 권태도, 한숨도, 우울도 사는 나라

당신인들 그런 나라가 없으랴

당신인들 그런 나라를 살고 있지 않으랴

오늘만이라도 밝고 환하게 꽃 피어 있어라 마음속 참 변덕스러운 작은 나라!

비어蜚語

암탉이 울면 집안이 망한다는 말,
함부로 하지 마라 절대로 성차별하면 안 된다
지난번 수탉이 울 때는
별 수 없었다 그러니 비웃지 마라 비웃으면
몽둥이로 두드려 맞기 십상이다
집 밖으로 쫓겨나기 십상이다
뭐 십상, 십상시, 그런 말 하지 마라 짜증난다
비는 안 오고 가뭄은 계속되고
벼들은 벌겋게 타들어 가는데
암탉이 울면서 기우제 굿판을 벌이면
사람들, 특히 기독교인들 페이스북에 올리고
댓글을 달아 비웃겠지 미신이라고
뭐 옛날에도 조류독감은 창궐했었다
조류독감이 왜 암탉 탓인가 그럼 새 탓인가
암탉은 새가 아니라는 것을 모르나
암탉을 탓하는 놈들 그때는
한꺼번에 다 잡아들였다 연산군 때, 전두환 때 얘기지만
조선시대에도 선물로 받은 돈
침 발라 세다 말고 황급히 메르스 독감을 살피러
지방으로 떠나는 연출력이 뛰어난

암탉은 있었다 그 참 계산 빠른 암탉이라니
더는 암탉 이야기를 페이스북에 올리고
댓글 달아 비웃으면 안 된다
안 되지 안 되고 말고, 암탉은 팬티가
삼백육십 개, 빨주노초파남보
겉옷은 더 많다, 칠백이십 개, 눈뜨면 샤워하고
몸단장부터 예쁘게 해야 한다
뭐 예뻐, 예쁜 것 싫어하는 놈이 어디 있어
이놈들아 여왕님은 무조건 예뻐야 해!

제3부

봄비

마른 먼지 풀풀 흩날릴수록
고개 돌려 외면하던 봄비,
오늘은 눈석임물처럼 착한 목소리로
초록초록 노래 부르네

언제부터인가 왼쪽 입꼬리
살짝 올리며 웃고 있는 봄비,
이제는 오른쪽 눈까지 찡긋거리며
주룩주룩 쏟아져 내리네

백목련 꽃망울을 열어젖히며
새하얀 치맛자락을 나풀대는 봄비,
하늘 한번 쳐다보고 땅 한번 굽어보는
이, 참 얄미운 새침데기!

꽃자리

어렸을 때 할아버지한테
참 많이도 들은 말 있다

꽃자리가 그렇게 작아서
어디에 쓰냐 이놈아

오늘에 와서야 그 말의 뜻
겨우겨우 알아듣는다

귀에 못이 박이도록 듣던 말
꽃자리가 커야 한다는 말

할아버지의 참 오래된 말
손주야 꽃자리, 꽃 진 자리

그것이 작으면 키우는 꽃도,
거두는 열매도, 인생도 작단다.

대전천 나비
—임강빈

햇볕 환한 여름날 아침이었네
새하얀 나비 한 마리
목척교 위 풀풀 날아다녔네

물 맑은 대전천 따라
가끔은 허위허위 날아올랐네

그렇게 날아오르다 보면
금강에도 닿겠지 마침내

금강 위 훨훨 날아다니다 보면
하늘에도 닿겠지 저 나비
굽이굽이 생명의 길인 것을.

열려 있는 귀

내 귀는 언제나 열려 있다
저 스스로는 닫지 못한다

눈처럼 꼭 감지 못하는 귀
입처럼 꽉 다물지 못하는 귀
코처럼 뻥 뚫려 있는 귀

내 귀는 항상 열려 있다
아무 말이나 죄 듣는다

좀처럼 순해지지 않는 귀
낮말이나 밤말이나 다 듣는 귀
온갖 귓속말까지 듣는 귀

한쪽 귀로 들어왔다가
한쪽 귀로 나가는 말들

쫑긋대지 않으며 살아야 한다
못 들은 체하며 살아야 한다
먼 하늘이나 들으며 살아야 한다.

숲속 작은 집

누구라도 평생에 한 번은 집을 짓는다지
집을 지으면 거기 무슨 나무를 심을까

회화나무 오얏나무 보리똥나무 살구나무 왕버찌나무 매
실나무 후박나무 영산홍나무 오갈피나무 대추나무 모과나
무 으름나무 사과나무……

울타리에는 쥐똥나무 조팝나무 화살나무를 심어야지 마
당가에는 보리똥나무 은행나무 먹감나무를 심어야지 5월에
는 이팝꽃도 오동꽃도 아카시아꽃도 보아야지

이런저런 나무들의 이름 중얼중얼 외워 보네
마음속 나무들, 꽃들 우거진 숲속 작은 집 그려 보네.

하지불안증후군

오늘 밤 자정에도 찌릿찌릿 두 다리
흔들린다 잠 속으로 들어오면
더욱 불안해지고 초조해지는 두 다리
쇠한 지 오래다 꿈을 꾸면
두 다리 속으로 좀 더 쇠한 기운이
찌릿찌릿 밀려 들어온다
두 다리 자꾸만 떨리고 쥐가 나는 것은
내일이 불안하고 초조하기 때문이다
흔들리지 않는 내일이 어디 있으랴
다 시간 탓이지만 시간을 탓해 무엇하랴
시간이라는 멋지고 훌륭한 말
시대라는 뻔한 말로 바꾸어도 좋다
오래 생각하지 마라 고민하지 마라
흔들릴수록 두 다리 단단하게
땅을 디뎌야 한다 걸어야 한다
찌릿찌릿 흔들리는 두 다리에게는
단단하게 땅을 딛는 것보다
귀하고 높은 것이 없다 이번 세상에서는.

광주 가는 길

무엇이 급한가 서둘 것 없다
세종에서 광주로 가는
고속버스 안이다 급할 것
정말 없다 일단은 공주 시내 정류장에 들러
우물쭈물 해찰하기로 한다
그렇게 해찰하는 동안
화장실쯤은 은근슬쩍 다녀와도 좋다
고속으로 달리지 않아도
고속버스를 탓할 사람은 없다
느릿느릿 달리는 시간
즐겨도 된다 천천히 달려도
누구 하나 고속버스를
탓하지 않는다 광주와 공주는
본래 아 자字 하나 차이, 이제는 뭐
광주도 급할 것 없다 간절할 것 없다
사필귀정이라는 한자 말
중얼중얼 외워도 좋다
공주 거쳐 광주 가는 길
저기 저 게으르게 불어오는 바람 향해
채찍을 든들 무엇 하랴.

기상통보관

먹구름이 밀려오기 때문일까
어젯밤 통 잠을 못 잤다

한껏 낮아진 기압이
자꾸만 몸을 찍어 눌렀기 때문이다

몸은 MBC 뉴스의 기상통보관인가
구석구석 쑤시고 아팠다

갑자기 후후 후두둑후두둑
쏟아지는 빗소리가 들렸다

한결 몸이 가벼워지기 시작했다
오늘은 낮 동안 내내 졸았다

빨리 자야지 일찍 자야지
푹 자고 난 뒤 내일 아침 잠 깨면

하늘 높이 해 솟으려나
구름 한 점 없이 맑으려나

>

자꾸만 쪼그라드는 몸

더는 몽롱하지 않았으면 좋겠다.

'푸른길' 설움

'푸른길' 위로 눈꽃 파도 우우우, 몰려온다
이곳 눈꽃 길에서의 마지막 겨울
다른 해처럼 또 눈꽃 파도에 갇힌다
'푸른길'은 해마다 눈 소동 벌어지는 곳
그 눈 소동 오래 간직하려고
스마트폰 들어 자꾸만 찰칵찰칵한다
찰칵찰칵, 찍히는 가슴속으로
차고 시린 것이 휙하니 지나간다
환갑 진갑을 훨씬 넘게 살았는데도
가슴 한복판을 찰칵찰칵 치고 지나가는
저 싸하고 먹먹한 것은 무엇인가
설움 많은 세월, 여기저기 객지를 떠돌며
잘 참고 견뎌 왔기 때문일까
이제는 꿀꺽, 단숨에 삼킬 때도 되었는데!

겨울밤

침대 위 널브러져 있는 신문지들 다 팽개치고 스마트폰에나 빠져드는 밤이다

반쯤 접힌 몸, 자꾸만 발치의 이불 속으로 끌려 들어가는 추운 밤이다

스마트폰 이불 위에 내던지고 널려 있는 문예지며 시집 따위 여기저기 뒤적여 본다

꾸벅꾸벅 졸기도 한다 보일러 돌아가는 소리만 웅하니 들린다

둥글게 말려 오는 적막이 나를, 내 몸을 둥글게 만다

견디기 힘들다 눈이라도 내렸으면 좋겠다 내리는 눈송이 바라보며 손톱이나 깎았으면 좋겠다

내일은 어떻게든 다시 또 떠나야 한다 적막 밖으로 나가야 한다

소란하고 시끄러운 곳은 좀 나을까 잘못 깎인 손톱이나 엄지손가락으로 더듬어 보는 밤이다

침대 위 신문지처럼 널브러져 눈 감고 먼 곳이나 그리워하는 밤이다

마음속 가득 커다란 동그라미나 그려 보는 밤이다.

땡볕 여름

매미 울음소리가 말벌 울음소리처럼 사납게 들린다 이리 저리 땡볕 여름 끌고 다니며 잉잉 울어 대는 말벌 울음소리……

바람도 겁에 질린 채 골목 뒤 느티나무 그늘 속으로 숨는다 큰길가에는 아스팔트가 녹아 질질 흘러내린다

호박 잎사귀들이며 플라타너스 잎사귀들, 어느새 축축 늘어지고 있다

과도한 온실가스 탓일까 느티나무 그늘 밑 유기견들, 깨 갱깨갱 덥다고 짜증을 낸다

아스팔트 저쪽 언덕, 쭈그렁밤탱이 할망구 하나, 가슴으로 리어카를 끌며 엉금엉금 기어오른다

땀 마른 소금기로 얼굴이 허옇게 빛나는 할망구가 끄는 낡아 빠진 리어카 위에는 종이 상자 따위 가득 실려 있다

아이스크림을 입에 문 채 어린아이 하나가 할망구의 지쳐 빠진 모습 바라보며 히죽, 웃는다

리어카 바큇살 어디쯤에서 검정 비닐봉지 한 장, 휘파람 소리를 토하며, 하늘 멀리 날아오른다 하얗게 자지러진다.

저 푸르른 하늘을 향해

오래 묵은 슬픔이 목구멍 뜨겁게 채울 때 있다 가슴속 질긴 고독이 발걸음 차갑게 가로막을 때 있다

아직도 어두운 방구석 처박혀 있는 사람아 구겨진 휴지 조각처럼 버려져 있는 사람아

오늘은 비록 슬프고 고독하더라도 언제인가는 당신 또한 신명을 낼 때 있다 하고 싶은 일 멋지게 하며 살 때 있다

방구석에 처박혀 있다가도 가슴 너무 폭폭해 벌떡 일어나 의자에 앉고는 하는 사람아 서러운 사람아

오랫동안 다듬어 온 당신의 꿈, 조금 힘들다고 포기해서는 안 된다 아무 데나 당신의 꿈 팽개쳐서는 안 된다

귀 기울이면 절망의 늪으로 빠져드는 소리, 지쳐 빠진 한숨 소리, 빠르게 귓밥을 흔드는 소리……

가늘고 긴 한숨 소리를 들으면서도 구릿빛 어깨를 키우는 사람아 정성 들여 마음을 가꾸는 사람아 어금니 꽉 다물어야 한다

당신은 지금 젊다 팔팔하다 머지않아 당신의 때가 온다

그때를 위해 열심히 준비해야 한다 날카롭게 칼을 벼려야 한다 올해는 함부로 팽개쳐지더라도 내년까지 함부로 팽개쳐서는 안 된다

때가 되면 저 푸르른 하늘을 향해 힘차게 날개를 펼칠 수 있어야 한다.

자전거를 타고 달리는 바람

　보통 바람은 승용차를 타고 달리는데, 어떤 바람은 KTX를 타고 달린다

　바람 중에는 비행기를 타고 달리는 놈도 있다 정신없이 앞을 향해 달리는 놈

　달려야 겨우 마음이 편해지는 저 바람이라니

　더러는 달리는 것이 무서운 바람도 있다 그는 느릿느릿 해찰하며 걷는다

　아직은 뒤로 돌아 걷고 싶지는 않은 바람, 어떤 바람은 해찰하며 걷는 바람을 향해 마구 손가락질을 해 댄다 엿을 먹인다

　너무 느리게 걷는다고 짜증을 내는 것이다 신경질을 부리는 것이다

　어쩔 수 없다 느려 터진 겁 많은 바람은 돈을 모아 낡은 자전거를 산다

　자전거를 타고 급하게 발을 구르다가는 도무지 정신을 차리지 못하는 바람, 질금비가 내려 바람은 그만 우산을 펼쳐 든다

　한 손으로 우산을 쓰고 달려도 바람 자전거는 씩씩하게 잘도 앞으로 나아간다

　이제 바람도 자전거에서 내려 걷기는 불가능하다 누구

도, 어느 것도 막을 수 없다

어어, 잠시 한눈을 파는 사이 자전거의 옆구리에서 뾰족
뾰족 날개가 돋는다

하늘 위로 어지럽게 날아다니는 저 자전거 바람!

물에게

물아 자장자장 흐르는 빗물아 이제는 좀 쉬거라 하늘에서 떨어지면서 너무 힘들지 않았니

물아 약간은 풀 속으로, 숲속으로 스며들거라 아직은 어리고 착한 물아

더러는 신도시의 하수구 속 치달리기도 하는구나 물아 지금은 좀 머뭇거리거라 주춤거리거라 어디 좀 조용히 스미어 있거라

졸졸거리는 시내를 지나 굽이치는 강이고 싶은 물아 어서 빨리 드넓은 바다가 되고 싶은 물아 너무 급하게 서둘지는 말거라

네가 골짜기 물로 치달리면, 활활 타오르는 검붉은 불덩이로 일렁이면 세상이 얼마나 놀라겠느냐 그때 세상이 얼마나 뒤집히겠느냐

물아 이제는 때가 되었으니 너도 좀 일어서거라 너도 어느새 중년의 나이가 아니냐 지금 네 정의를, 네 사랑을 낮게 평가하는 것은 아니다 별것 아니라고 말하는 것도 아니다

쓸어내리는 네 가슴과는 달리, 네 오랜 순수와는 달리 혁명이라는 이름으로 한꺼번에 쓸려 내려가는 것들 보아라, 라고 말하는 것도 아니다

물아 너도 모르게 어느새 너는 강이 되어 있구나 바다가

되어 있구나 꿈이 되어 있구나

바다가 되었다는 것은 다시 또 하늘로 올라갈 때가 되었
다는 것, 새로운 생명으로 태어날 때가 되어 있다는 것……

물아 그렇다 너는 이미 오래전부터 하늘이다 빛이고 진리
다 그렇게 훌륭한 스승이다 늠름한 사상이다.

밤이 늦었더라도

밤이 늦었더라도 조금은 더 걸어야 한다
여기서 돌아가면 안 된다 잠들면 안 된다
성큼성큼 앞으로 더 걸어 나가야 한다
그래야 새로운 내일을 만날 수 있다
그래야 낡은 어제와 결별할 수 있다

새로운 것은 언제나 내일의 것이다 내일의 것도 금방 오늘의 것이 된다 오늘의 것도 한순간 어제의 것이 된다 그럴수록 전라남도 화순 도곡의 낡은 온천 호텔 따위에 발이 묶여서는 안 된다

벌판 가득 눈은 펄펄 내리고 쌓이는데
나주 금성 객사 옆 '하얀집'의 식탁에 앉아
따뜻한 국밥 한 그릇 나눠 먹는 것으로
만족해서는 안 된다 거기 머물러서는 안 된다
이 밤의 끝을 향해 걸어야 한다

더러는 뒤를 돌아봐도 좋다 뒤에도 아름다운 것은 얼마든지 있다 아름답지 않은들 누가 어쩌겠느냐 아름다운 것은 아름다운 것, 아름다울수록 더욱 앞을 향해, 새벽을 향해

터벅터벅 걸어야 한다

　이제 더는 뒤를 향해 걸어서는 안 된다
　아내와 자식들, 이웃을 위해서라도
　눈보라 치는 여기 주저앉아서는 안 된다
　저기 밝고 환한 아침을 향해 걸어야 한다
　보아라 태양이 눈 부릅뜬 채 너를 기다리고 있다.

산 너머 저쪽

　밥을 찾아 내 발로 달려온 곳이므로 즐겁게 살아야 한다 힘들여 밥을 먹는 것도 다 살기 위한 것 아닌가

　이 험한 세상, 어떻게든 건너가려면 아무 말 하지 말아야 한다 잘 참고 견뎌야 한다

　날 선 칼날이 아랫배를 스윽, 긋고 지나간다 뾰쪽한 송곳이 가슴께를 콕콕, 찌른다 핏방울이 땅바닥 위로 똑똑, 떨어진다

　시원하니 시원하다 아프니 아프다 아파도 꿍얼꿍얼 불만을 토로해서는 안 된다

　노동을 파는데도, 공짜로 밥을 먹는 것이 아닌데도 칼 쥔 자들은 늘 굽어보고 싶어 한다 내려다보고 싶어 한다

　밥줄을 쥐고 있으면서도 굽어보고, 내려다보고 싶어 하지 않을 놈이 어디 있으랴

　수만 년 동안 밥을 두고 서로를 잡도리해 온 것이 사람의 역사 아닌가 온갖 우월감으로 어깨를 으스대 온 것이 사람의 시간 아닌가

　밥을 찾아 기꺼이 달려왔으므로 슬퍼해서는 안 된다 슬픔을 알면서 비로소 사람이 된다고 하더라도 그것은 마찬가지다

　수많은 생명이 아직도 물건에 지나지 않거늘, 사람으로

태어난 것을 고맙게 생각해야 한다

밥을 구하며 하루를 사는 곳은 어디든 다 고향이다 사람이 사는 곳 어디인들 고향이 아니랴

객지를 떠돌며 살더라도 너무 서러워 말아야 한다 어디에서 산들 서럽지 않으랴

밥을 찾아, 먹거리를 찾아 끊임없이 떠도는 것이 사람의 나날이거늘, 무엇을 서러워하랴 무엇을 아파하랴 무엇을 괴로워하랴

사랑과 평화와 행복은 언제나 산 너머 저쪽에, 아주 먼 곳에 있거늘…….

푸르면서 환한 것

이것의 이름을 뭐라고 불러야 하나 이것에 뭐라고 이름
을 붙여야 하나 몸 깊이 도사리고 있는 것, 마음 깊이 웅크
리고 있는 것, 마음과 몸을 하나로 묶는 것, 푸르른 창이라
고 불러야 하나 환한 빛이라고 불러야 하나 푸르면서 환한
것, 환하면서 푸른 것

남과 나를 다르게 만드는 것, 남과 나를 같게 만드는 것,
콩이면서 팥인 것, 팥이면서 콩인 것, 그것……, 다르면서
같은 것, 같으면서 다른 것, 오늘도 이 몽롱한 것이 남이면
서 나를, 나이면서 남을 이리저리 끌고 다닌다 내가 없어 남
도 없는 것, 남이 없어 나도 없는 것

나를 만들면서 남을 만드는 것, 남을 만들면서 나를 만드
는 것, 동쪽에서 해 뜰 때부터 몸 깊이, 마음 깊이 들어와 있
는 것, 환한 빛이면서 푸른 창인 것, 푸른 창이면서 환한 빛
인 것, 그것이 나와 남을 동서남북으로, 아래위로 마구 몰
고 다닌다 남북동서도 없는 것, 위아래도 없는 것

남과 나를 나누면서 붙이는 것, 나와 나를 붙이면서 나
누는 것, 푸르면서 환한 것, 환하면서 푸른 것, 하나이면서

둘인 것, 둘이면서 하나인 것, 그것이 지금 몸과 마음 한가
운데서, 마음과 몸 한가운데에서 화들짝 꽃을 피운다 하늘
하늘 솟구쳐 오른다 점차 세상이 밝아 온다.

물대포

물은 생명이면서 죽음이다 죽음도 물이고, 생명도 물이다
물이 없으면 죽음도 없고, 생명도 없다 생명도, 죽음도 물이
있어야 있다 세상의 모든 것은 물과 더불어 살고 죽는다

어떤 물은 대포가 되기도 한다 물대포를 맞고 죽은 생명이
라니…… 아쉽지만 물대포를 쏘면서 사는 생명도 있다

보아라 물대포로 생명을 쏘는 놈, 보아라 물대포로 죽음
을 쏘는 놈

광화문 물대포는 무섭다 광화문 물대포는 겁난다 너무 쫄
린다 무엇을 쏘느냐는 문제가 아니다 쏘는 것 자체가 문제다

쏘기를 좋아하는 사람아 꽃으로라도 쏘지 마라 그 꽃만으
로도 죽음의 물 폭탄 차르르 터진다

광화문 물대포를 맞다가 죽은 사람아 광화문 물대포를 쏘
다가 죽은 사람아 물대포도 대포가 아니냐 생명을 향해 대포
를 쏘아서는 안 된다

>

물대포에 맞아 죽은 사람, 물대포를 쏘다 죽은 사람……,
저 많은 죽음을 어쩌나 저 많은 생명을 어쩌나

물대포를 생각하면 무섭고 겁난다 엄청 쫄린다 사람으로
사는 것이 싫다 개나 돼지로 살던 시절이 차라리 그립다.

바위섬

파도가 제 긴 혓바닥을 쉼 없이 날름대고 있다 끈질기게 바위섬의 아래께를 물고 빨고 핥고 있다 파도의 저 긴 혓바닥이라니 파도에게는 엉뚱한 저 짓도 사랑인가

파도의 사랑을 좀 더 잘 알려면 통영의 윤이상 음악관에서 멀지 않은 바닷가에 나가 보라 거기 백두산을 닮은 바위섬에 올라가 보라

뜨겁게 사랑하고 있는 파도를 만나리라 윤슬로 반짝이는 음악을 만나리라

바위섬에는 바위만 사는 것이 아니다 배꼽께는 갯질경이가, 해당화가, 개똥쑥이 산다 가슴께는 띠짱풀이, 달개비가, 갯사초가 산다

정수리에는 흙도 한 줌 모시고 있다 뒤통수에는 소나무가, 도토리나무가, 섬동백이 뿌리 내리고 있다

파도는 이 거친 바위섬이 좋다 한라산을 닮은 이 바위섬의 딱딱한 허벅지가 좋다 아직은 젊은 바위섬, 젊은것들은 다 딱딱하기 마련이다 여기저기 불끈불끈 솟기 마련이다

아무리 혓바닥이 길어도 저 파도, 바위섬의 뒤통수에서 자라는 소나무, 도토리나무, 섬동백까지 물고 빨고 핥지는 못한다

바위섬의 배꼽께서 크는 갯질경이나 해당화, 개똥쑥쯤

은 넉넉히 물고 빨고 핥지만, 바위섬의 가슴께에서 얼굴을 내미는 띠짱풀이나 달개비, 갯사초쯤은 충분히 물고 빨고 핥지만……

파도가 제 긴 혓바닥을 쉼 없이 날름대는 것은 천성 탓이다 그가 끈질기게 바위섬의 아래께를 물고 빨고 핥는 것은 생명 탓이다 타고난 본성 그대로 한반도를 닮은 바위섬을 물고 빨고 핥는 파도의 긴 혓바닥이라니 긴 사랑이라니!

마귀할멈

스무 살이 갓 넘었을 때부터 내 속에 들어와 나와 함께 지금까지 살아온 마귀할멈, 걸핏하면 내게 신경질을 부린다

백발의 머리칼, 홀쭉한 턱, 길쭉한 귀, 움푹 파인 볼, 쭈글쭈글한 피부…… 거울 속의 제 늙어 빠진 몰골, 자주자주 들여다보는 마귀할멈

날카로운 손톱, 붉은 볼연지, 검은 고깔모자, 비쩍 마른 손아귀……, 마귀할멈의 힘은 갈수록 세진다

여러 개의 이름을 갖고 있는 마귀할멈, 더러는 한숨, 설움, 좌절, 절망, 우울, 체념, 환멸, 상실, 포기 등으로도 불리는 마귀할멈, 오늘은 내 속의 한구석에 쪼그리고 앉아 절망 할멈이 된다

절망 할멈은 지금도 나를 엉망진창으로 뒤집는다. 허리띠를 잡고 내 마음을, 내 몸을 땅바닥에 마구 패대기쳐 대는 저 쪼글쪼글 마귀할멈이라니

내 속의 마귀할멈이 갑자기 지랄발광을 떨기 시작하면 여기저기 아프다 슬프다 우울하다 억울하다 괴롭다 지겹다

저 갈팡질팡 마귀할멈도 내 속에서 나와 함께 크고 자라온 나의 오래된 일부이거늘!

제4부

겨울비

춥잖다 춥잖다 춥잖다
얇은 부리 날카롭게 세워
조잘조잘 재잘재잘
겨울비가 맨 앞에 서서
진월동 거리 쪼아 댄다

'푸른길' 위에 비 내린다
겨울비, 겨울비, 겨울비
사람들 마음도 함께 젖는다
차갑게 차갑게 젖는다

춥잖다 춥잖다 춥잖다
저녁이 오는 '푸른길' 숲가
외투를 잔뜩 껴입은
까마귀 운다 느닷없는
겨울비의 목소리, 어둡다.

오늘 하루치의 삶

오늘 하루치의 삶, 다시 또
까마득한 절벽 아래로
아득한 벼랑 밑으로
우당탕탕, 떨어져 내린다
떨어져 내려 함부로 나뒹군다

울퉁불퉁한 바위에 부딪쳐
박살 나 으깨진
오늘 하루치의 몸에서
순간, 빠져나가는
쓰리고 아픈 영혼이라니
차고 시린 어둠의 향기라니

오늘 하루치의 삶, 다시 또
천 길 낭떠러지 아래로
만 길 계곡 밑으로
우르쾅쾅, 떨어져 내린다.
부서져 버리고 깨져 버린다.

싸락눈

쌀가루처럼 뽀얗고 하얀 싸락눈
쏟아져 내린다 내려 쌓인다
앞 들판 위에도, 뒷동산 위에도
숲속을 가로질러 달려가는
낡아 빠진 내 자동차 위에도
싸락싸락 싸락눈 떨어져 쌓인다
갑자기 자동차가 두 다리 쭉쭉 뻗는다
더는 못 가겠다고 주저앉는다
그래그래 더 못 가면 어떤가
간절하고 절실한 기다림이 만드는
그립고 아쉬운 싸락눈 소리
아득히 들려온다 그 소리 정겹다
싸락눈 내려 쌓이는 숲가에
낡고 오랜 자동차를 세우고
편안한 자세로 창문을 내린다
천천히 싸락눈 향기를 맡는다
막혔던 코가 별안간 뻥, 뚫린다.

월요일 아침

더는 아프지 않으려
일요일 내내 조심하고 또 조심한다
월요일 아침이 되면
어김없이 몸이 무거워지고 행동이 둔해진다
머리도 띵해지고 가슴도 답답해진다
어느새 구름이 옥녀봉 아래까지
훌쩍, 뛰어 내려와 있다
기압도 낮아져 있다
피가 잘 돌지 않는다
팔다리도 버거워진다
연구실 책상 앞에 앉아 내내 우물쭈물한다
할 일 많은 월요일 아침인데도
시름시름 앓기나 한다
살진 돼지처럼 눈 감고
졸기나 한다 병든 수탉처럼
나이가 들었다는 뜻이다
늙어 가고 있다는 뜻이다
더는 아프지 않으려 애를 써 보지만.

꾸르륵대는 소리

어디선가 꾸르륵대는 소리
들린다 주방의 전기포트에서
보리차 끓는 소리인가
묵언정진하는 이 집 중늙은이
배앓이하는 소리인가
아닌가 그 사람 손가락에 침 발라
책장 넘기는 소리인가
낡아 빠진 이 집 텔레비전 속
훌렁 까진 대머리 아저씨
한숨 쉬는 소리인가
지쳐 빠진 이 집 냉장고 속
먹다 남은 미역국 아줌마
쪼그려 앉아 훌쩍대는 소리인가
어디선가 꾸르륵대는 소리
들린다 자꾸만 배가 고파 온다.

달의 먼 남쪽
─合室能文是自是盛事, 月南

부모 형제들 다 잘 화합하고
크고 작은 자식들
공부하는 것 좋아하는구나

모든 것 스스로 옳아
일마다 그릇에 꽉 차거니

달의 먼 남쪽 고향 아래
미처 봄이 오기도 전
초록빛 꿈, 밝고 환하구나.

겨울 숲으로 가자

함박눈 쏟아져 내리는 겨울 숲으로 가자
자전거나 자동차는 타지 말고
터벅터벅 걸어서 가자 함박눈
푹푹, 내려 쌓이는 국사봉 숲으로 가자

걸어서 가야 숲의 헐벗은 나무들 만날 수 있다
지난여름 웃자란 마른 풀들
어루만질 수 있다 멧새들 노랫소리
찌릉찌릉, 공으로 들을 수 있다

함박눈 쏟아져 내리는 겨울 숲에 가서
눈 내리는 소리 들어 보자
조용조용, 귀 기울이며
국사봉 숲가 오두막 군불 때는 소리 들어보자

눈 내리는 국사봉 겨울 숲에 가면
눈 꽃송이 밀어 올리는 소나무들 손 흔들리라
낮은 산골짜기 어디 빨갛게 익고 있는
산수유 열매들, 화들짝 반기며 웃으리라.

아우라지

아우라지 아우라지, 아아 울며
휘도는 물, 들고 나는 곳
아우라지 아우라지, 아아 굳이
입 꽉 다물고 나 혼자 앉아 우는 곳

떨어져 흐르는 장마 빗물
떨어져 흐르는 여름 빗물
어슴푸레 날개 치며 날아가는
저기 저 구름 속 까마귀들

사방의 산들 너무 높아
구름들 자꾸 걸리는 곳
아우라지 아우라지, 아무 소리
하지 마라 아아, 굳이 입 열지 마라

휘도는 물들, 들고 나는 곳
나 여기 혼자 앉아
아이고 아이고, 굳이 졸며 깨며
물 되어 흐르는 곳, 물 되어 바다로.

베라크루즈 2008

　오늘 밤에는 서울에서 자야 한다 누군가 불러 너는 지금 성북구 길음동에 와 있다

　내일 밤에는 세종에서 자야 한다 너를 따라 나도 그곳 종촌동 리버파크에 살고 있는 어머니한테 가야 한다

　네 운명은 떠돌이, 내 운명을 닮았나 보다
　내 운명은 떠돌이, 네 운명을 닮았나 보다

　모레 밤에는 또 어디서 자야 하나 광주의 일터가 종종걸음으로 나를 기다리고 있다

　너도 광주의 일터로 가야 한다 글피 밤에는 또 어디로 가야 하나 진월동의 숙소가 둥글게 둥글게 그곳을 알려 주리라.

봄 햇살

봄 햇살은 이웃집 순이의
물렁한 혓바닥이다
내 목덜미 부드럽게 핥는다

한껏 들뜬 목덜미
히히잉, 아이고 좋아라
콧소리를 내며 웃는다

봄 햇살은 아랫집 영이의
커다란 초록 숟가락이다

내 안의 붉은 앵두알
볼이 미어지도록 퍼먹는다

종촌 찐빵처럼 뽀얗게
부풀어 오르는 그녀의 볼

봄 햇살은 참기름을 두른
모듬내 시냇가의 솥뚜껑이다

\>

동네 사람들 불러 모아
진달래 화전을 부친다

낮빛 환한 봄 햇살 그녀
자꾸만 내 엉덩이 집적거린다.

뭉텅뭉텅 구름이

낡아 빠진 이 도시 위
뭉텅뭉텅 구름이 떨어져 내린다
금세 사방이 흐릿해진다
순간 사위가 어두워진다

갑자기 머리가 띵해진다
별안간 눈앞이 몽롱해진다
그만 가슴까지, 배까지
우르르 우르르 캄캄해진다

아랫배에서 꾸르륵 소리 들린다
아리다 쓰리다 아프다
변기 위에 앉자마자
주루룩, 뜨거운 것 쏟아져 내린다

어지럽다 기가 탁, 막힌다
에취 에취 에취, 심하게
재채기가 터져 나온다
투르르, 시원하게 기가 뚫린다

\>

여기저기 빗소리 요란하다
나는 강물이다 바닷물이다
크게 크게 외치는 소리까지
멀리서 가까이에서 잘 들린다.

풀꽃문학관 뒤꼍

공주 풀꽃문학관 뒤꼍

초록 잔디밭 위, 철푸데기 주저앉는다

해동갑의 삼베 빛 저녁볕

노랗다 샛노랗다 밝고 환하다

불어오는 초가을 바람에 쫓기는 걸까

구절초꽃, 이리저리 몰려다닌다

오호호호, 웃고 있는 그것들

하얀 낯빛 참 귀엽다

어디서 날아온 것일까

까마귀 두 마리

까아악 까악, 뭐라고 지껄여 댄다

지껄여 대는 소리, 높고도 깊다 멀고도 가깝다

저만치 보랏빛 코스모스꽃도 피어 있다

볼그레한 족두리꽃도 피어 있다

무엇이 부끄러운가

그것들 살빛 뽀얀 제 종아리,

비비 꼬아 대고 있다

신우대 잎들 반갑다고 손 비비는 소리

쏴아아 쏴아아 들려온다

이천십칠 년 이른 가을 무렵

초화 선생을 기다리는

공주 풀꽃문학관 뒤꼍.

작심삼일作心三日

할 일이 너무 많다 올해 봄에는 세상에 나를, 내 남은 힘을
좀 더 열심히 털어 부어야 한다

내게 주어진 힘 지나치게 남겨서는 안 된다 병원의 침대에
누워 수액을 맞으며 나를, 내 열정을 뜨겁게 반성할지라도

우선은 나라의 일에 마음을 좀 더 기울여야 한다

그동안 이리저리 나를 끌고 다니던 것들, 지난겨울부터 광
화문 광장에서 촛불을 들고 뜨겁게 키워 온 것들, 사랑과 평
화, 공정과 정의부터 잘 가꾸어야 한다

글을 읽고 글을 쓰는 일에도 좀 더 정성을 바쳐야 한다

평생을 두고 나를, 내 삶을 드높이 밀어 올리고 끌어 올려
온 것들, 세상이 약간 좋아졌다고 여기서 멈추거나 주저앉아
서는 안 된다

올해 봄에는 새로 시작한 농사일도 더욱 깊이 어루만져야
한다 상추씨와 아욱씨, 쑥갓씨와 옥수수씨를 뿌린 월산리 병
풍골 조그만 부채밭에도 자주 가 보아야 한다

부지런하게 사는 수밖에 없다 병원 침대에 코를 박고 누워
훌쩍거릴지라도.

잠이 안 오는 밤에

늦은 밤 한숨을 자고 깨어 있다 좀 더 자야 하는데, 잠이 안 온다 왼쪽으로 누워 본다 불편하다 오른쪽으로 누워 본다 더욱 불편하다 천장을 향해 바로 누워 본다 역시 불편하다

왜 잠이 안 오지 나이 들어 잠이 없어진 탓인가 이런저런 걱정 때문인가 무엇을 걱정하는 거지 가족을, 나라를, 북한의 핵실험을, 분열된 채 서로 싸우고 있는 정치인들을

지나치게 걱정을 많이 하기 때문인가 지나치게 긴장을 많이 하기 때문인가 들뜬 몸 달래며 다시 잠을 청한다 좀 더 자야 한다 자장 자장 자장…… 지금 잠 못 들면 내일 하루 비실거릴 것이 뻔하다

외풍이 심하다 바깥 날씨가 추운가 보다 어깨며 팔다리가 시리다 목덜미도 차다 아직도 세상은 캄캄한데, 역사는 오늘도 물꼬가 막혔는데, 또 하루 불편한 새벽을 맞는다.

장항선 웃음
—G. J. G.

이제는 당신도 꼭 한번 장항선 열차를 타 보라 용산역을 출발한 무궁화 열차가 천안역을 지나면 칸칸마다 절로 터지는 새하얀 웃음을 만나리라 웃음 웃음 쌀 튀밥 같으리라

아무런 의심도 없는 사람들, 마음속 깊이 착한 보따리 하나씩 끌어안고 사는 사람들, 느릿느릿 빠르게 웃음 폭탄을 터트리는 사람들, 여기저기 당신의 입가를 찢어 대는 사람들 만나리라

그런 사람 중에는 잿빛 점퍼 차림에 보릿대 모자를 쓰고 텃밭을 매다가 무슨 급한 일로 서울 딸네 집에를 다녀오는 산애재 씨도 있다

엉뚱한 소리, 에둘러 말하는 소리 참 잘하는 산애재 씨를 만나 하르르 웃음 폭탄 터트리다 보면 당신의 여린 가슴, 무른 허벅지 구설의 칼에 콱, 찔릴 수도 있다 웃음의 피 줄줄 흘릴 수도 있다

장항선 열차를 타더라도 당신, 안개꽃 같은 웃음 폭탄 뽀얗게 터지는 입가, 손으로 살짝 가리고, 서천쯤에서는 용감하게 내려야 한다

장항 건너, 금강 건너, 여러 산 지나, 산 한껏 더하는 큰 도시까지 가면 당신, 더는 웃음 폭탄 터뜨리지 못하리라 제대로 주둥이 찢지 못하리라

뻥, 뚫린 옆구리, 바로 꿰매기 위해서라도 이제는 당신, 장항선 열차를 한번 꼭 타 보라 서천까지는 꼭 가 보시라.

십이월

　얼어붙은 참나무 가지들, 사나운 눈보라를 못 이기고, 톡 톡 부러져 버린다

　바쁘게 거리를 쏘다니다 보면 발바닥도 손바닥도 하얗 게 얼어붙는다

　너무 추워 이빨 부딪치는 소리, 따닥 딱딱 여기저기에 서 들린다

　방 안에 우두커니 들어앉아 있으면 한 장 밖에 안 남은 달 력부터 눈에 들어온다

　달력 속의 길들, 겉으로는 오늘도 묵은 길 버리고 새 길 찾으라고 속삭인다

　유리창 저쪽 세상, 아직은 어둡지 않다

　언덕 위 흩날리는 꼬리연들, 눈보라 속에서도 길게 꼬리 를 흔들어 댄다

　십이월에는 나무들도 눈 지게를 진다 어깨가 뻐근하다고 나무들 자꾸 보채 쌓는다

　가슴께가 하얗게 물든 푸른 산들, 노파심으로 크게 한숨 쉰다 길게 호흡한다

　집집마다 처마 끝에 고드름을 길게 매다는 십이월, 봄바 람을 가슴에 감추고 뛰고 달린다

　산언덕 쌓인 눈 더미 위로 반짝, 햇살이 빛난다

아침이 불쑥 낯짝을 내민다 벌써 내일이 마라톤으로 달려와 이빨 드러내며 웃는다.

사소한 슬픔

식탁 위에는 주전자 속 뜨거운 우엉차가 우엉우엉 식고
있다 좀 춥기는 하다

뜨거운 우엉차에서는 구수한 냄새가 난다 당뇨병에 좋
다는 우엉차

둥글게 펼쳐져 있는 식탁보

반쯤 접혀 있는 경향신문

침대 위에는 조선일보도 구겨진 채 널브러져 있다

아직도 종이 신문을 읽고 있다니

우엉차는 달지 않아 좋다 전자레인지에서는 시루떡이 데
워지고 있고……

조금씩 비워지는 유리컵, 조금씩 버려지는 욕망, 소설의
한 장면을 넘기는 것 같다

좁아지는 혈관, 떠도는 혈전, 고혈압, 고지혈, 느려 터진
맥박, 끈적한 피, 너무 달기 때문이다

열린 창틈으로 휙, 바람이 불어온다

펄럭이는 경향신문, 살랑이는 식탁보

시루떡 몇 점 손가락으로 집어 들고 입으로 뜯어 먹는다
손가락이 지저분해진다

설거지통 속에는 입을 삐죽대는 사기그릇 몇 개

머리칼이 하얗게 센 사내가 싱크대 앞으로 다가간다

설거지를 마친 사내, 한 손에 스마트폰을 들고 침대 위
로 벌렁 나자빠진다

갑자기 뜨겁고 물큰한 것이, 사소한 슬픔이 그의 가슴 가
득 차오른다.

어둠이 더욱 빨리

연말이 되자 어둠이 더욱 빨리 제 손발을 움직이기 시작한다

어느새 날카로운 칼끝이 되어 버리는 어둠, 오가는 광화문 광장의 사람들을 더 많이 찌르고 싶어 쩔쩔맨다

새벽이 오고 있는데도 자꾸만 사나워지는 어둠, 제가 누구 인지 무엇인지 알지 못한다 알고 싶어 하지도 않는다

어디서 와서 어디로 가고 있는지 모르는 이놈은 흡혈귀다

자신의 이빨이 박혀 있는 사람들의 가슴팍을, 가슴팍에서 폭포처럼 흘러내리는 피를 바라다보는 것이 어둠은 좋다

거기 솟구쳐 오르는 피의 냄새가

얼음처럼 녹아 흐르는 이놈 어둠은 지금 아주 사나워져 있 다 독해져 있다 무엇이든 보이는 대로 단번에 찌르고 벤다

한 치의 앞도 보지 못하는 이놈, 어둠에게는 내일이 없다 태극기만 있다 성조기만 있다 십자가만 있다

날이 환히 밝아 오는데도 이놈의 날카로운 칼에 잘려 나간 내 왼팔이 광화문 네거리 아스팔트 위에서

팔딱팔딱 뛰고 있다 향기로운 피를 흘리고 있다 지난 시대 에는 향기가 훨씬 더 심했다

이놈, 어둠에게 살해된 저 많은 인산인해를 어쩌나

어쩌기는 무얼 어쩌나 그냥 막가는 거다 다들 상처투성이 가 되는 거다 어느 누가 두려워하랴 당장 내 왼팔이 피 흘리

며 나뒹굴고 있거늘

어느새 나도, 내 손발도 어둠이 된다 어둠이 되어 어둠을
향해 내달린다 멧돼지가 되고 핵폭탄이 된다

캄캄하다 일순 땅거미가 쏟아져 내린다 꽈당, 꽝꽝, 버
섯구름이 인다

무슨 일이 있어도 이렇게 되어서는 안 된다 내가, 내 손
발이 어둠의 핵폭탄이 되다니

천천히 새벽이 되어야 한다 구수한 밥이 되고 따듯한 국
이 되어야 한다.

안 보이던 것들이
―서울

서울에서 살 때는 안 보이던 것들이 서울을 떠나 사니 보인다 당신과 함께 살 때는 안 보이던 것들이 당신을 떠나 사니 보인다

그리움이여 기다림이여 사랑이여 안 보이는 것들이 다 너는 아니다 보이는 것들 속에도 너는 있고, 보이는 것들 밖에도 너는 있다

서울에서 살 때는 보이던 것들이 서울을 떠나 사니 안 보인다 당신과 함께 살 때는 보이던 것들이 당신을 떠나 사니 안 보인다

지하철이여 아케이드여 63빌딩이여 광화문이여 보이는 것이 다 너는 아니다 보이는 것 밖에도 너는 있고, 보이는 것 안에도 너는 있다.

오후의 불안

어느덧 여름이 끝나 가는 금요일 오후다 오늘 오후에는 우울보다 먼저 불안이 나를, 내 마음을 쥐어짠다

어떻게 해야 하나 세상이 자꾸 뒷걸음질을 치고 있기 때문인가 생각지도 않은 문장이 입가를 맴돈다

우두커니 창밖을 바라보던 불안이 차츰 제 몸무게를 키우기 시작한다 잠시 머뭇거리다가 손목을 잡고 끄는 불안을 따라 길을 나선다 어디로 가야 하나

불안은 딱히 갈 곳이 없나 보다 보폭이 시원치 않다 불안을 따라 길을 나서더라도 양치질은 좀 해야지 세수는 좀 해야지

잠시 망설이는 사이 불안이 성큼성큼 침실 안팎을 돌아다닌다 불안이 내 손을 잡고 도착한 곳은 기껏 한 권 시집 속이다

늦여름 오후에는 불안도 내내 무료한가 보다

침대 위에 배를 깔고 누워 불안을 따라 몇 편 시 속을 떠돌아다닌다 그런 중에도 거듭 나를, 내 마음을 흔들어 대는 저 불안, 시 속의 주인공도 저를, 제 마음을 둘 데 없기는 마찬가지다

땅거미가 밀려오더라도 TV는 켜지 않기로 한다 TV는 역사를 거슬러 달리기 시작한 지 오래다

갑자기 저 먼 곳 서울에서 설거지부터 해야지 세탁기부터 돌려야지 하는 아내의 목소리 들려온다 집안일부터 해야지 빨래부터 해야지 그래야 깨끗한 옷 갈아입을 수 있지

불안에 쫓기는 오후의 나도, 내 마음도 세탁기 속에 집어넣고 빨 수는 없을까 옷가지를 집어넣고 세탁기의 버튼을 누른 뒤에도 불안은 내 손목을 잡고 시집 속으로 걸어 들어가고 싶어 안절부절못한다

불안이 끝내 나를, 내 마음을 끌고 간 곳은 스마트폰 속의 뉴스들이다 시리아에서는 화학무기로 또 수백 명의 국민이 죽었다고 한다 흰 수의에 쌓여 있는 저 많은 주검이라니

문득 1980년 5월이 떠오른다 이런저런 상념 속으로 나를, 내 마음을 밀어 넣는 오후의 불안, 그렇지 이 나라에서도 죽음은 끊이지를 않지

걸핏하면 죽음을 불러들이는 사건 사고들, 죽음을 향해 몰려가는 사람들, 이 나라 사람들도 위험에 처해 있기는 마찬가지다

아내도 왼쪽 갈비뼈와 오른쪽 손가락이 부러져 벌써 일주일째 병원에 누워 있다 자전거를 타다가 낭떠러지로 굴러떨어졌다

늙은 며느리의 시중을 드느라고 더 늙은 시어머니가 고

생하는데도 이리저리 나를 끌고 다니는 불안, 불안이 또 나를, 내 몸을 낭떠러지 아래로 밀어 떨어뜨릴 것만 같아 그만 나는 또 벌벌 떨고 있다.

해 설

통합을 향한 자아 성찰과 어둠의 상상력

송기한(대전대 국문과 교수)

1. 이루어져야 하는 서정의 꿈

이은봉은 평론으로 출발하여 시인으로 나아간 문인이다. 1983년 『삶의문학』에 「시와 상실의식 혹은 근대화」로 평론가가 되었고, 이듬해 동인 시집 『마침내 시인이여』에 「좋은 세상」 등 6편의 시를 발표하면서 시인이 되었다. 그뿐만 아니라 광주대학교 문창과에 재직하면서 교육과 연구 활동을 겸임하기도 했다. 이러한 저간의 사정에서 알 수 있는 것처럼 그의 문학 활동은 어느 한 곳에 머물지 않고 여러 방면에서 역동적으로 이루어졌음을 알 수 있다.

이러한 다양성은 그의 주된 활동 무대였던 서정시의 영역에서도 고스란히 나타난다. 그는 지금까지 13권의 시집을 상재했고, 이번에 펼쳐 보이는 시집 『바람의 파수꾼』은

14번째이다. 말하자면 그가 지금까지 적지 않은 시집을 상재했다는 것인데, 이러한 면은 그의 시작 활동이 간단없이 진행되어 왔음을 말해 주는 증거라 할 수 있다. 물론 시인의 의욕적인 시작 활동은 양적인 풍부함에 그치는 것은 아니다. 그는 여러 권의 시집에서 시대가 요구하는 여러 주제 의식과 소재들을 다층적, 예각적으로 담아 왔기 때문이다. 그러한 주제 의식이란 모두가 동의하는 것처럼 좀 더 나은 세상을 향한 성스러운 여정이기도 했다. 하지만 주제 의식이 비교적 뚜렷하다고 해서 그가 펼쳐 보인 서정의 행보가 단선적인 길로만 진행되었던 것은 아니다. 그가 이 여정을 위해서 서정적 자아가 할 수 있는 최선의 방법, 최고의 열정을 다양성의 의장으로 풀어냈기 때문이다.

이번에 상재하는 『바람의 파수꾼』은 서정의 정열이 여러 경로를 통해 발산되고 있다는 점에서 지금까지 보여 주었던 시인의 시 세계가 모두 집약되어 있다는 느낌을 받게 된다. 부챗살처럼 퍼져 나갔던 서정의 행보라든가 자의식의 방향 등이 여러 꼭짓점을 찍으면서 퍼져 나가고 있기 때문이다. 그 지향점이란 시인이 지금껏 모색해 왔던 '이루어져야 하는 서정의 꿈'을 향한 행보이다.

그는 언제나 꿈을 꾸는 시인이었다. 현실이 불온의 물결로 휩싸여 있을 때는 이 부정不淨을 씻기 위해 늘 깨끗한 물을 그리워했다. 그 연장선에서 갈등과 불화가 넘실거릴 때는 이를 승화시키는 사랑의 정서에 무한한 갈증을 느끼기도 했거니와, 경우에 따라서는 이러한 부정성의 원인이 무엇인지를 탐색하기 위해 자아 내부로 시선을 돌리기도 했다. 그러한 까닭에 그의 시선은 360도 회전하는 어라운드 뷰를 탐지하는 공간 속에 늘 놓여 있었다고 해도 과언이 아니다. 시인의 시들이 소재의 다양성과 거기서 길러지는 여러 음역이 형형색색의 꽃밭을 형성할 수밖에 없었던 원인도 여기서 찾아진다. 물론 이 감각은 이번 시집에서도 여전히 유효하다.

마음속 작은 나라가 있다 평생을 두고 내가 가꾸어 온 나라…… 더러는 그 나라, 꼼꼼히 들여다볼 때 있다

얼마나 높아졌나 얼마나 깊어졌나 얼마나 넓어졌나 거듭해 되물어볼 때 있다

되물어보다 보면 자꾸만 폭폭해진다 불안해진다 초조해진다

마음속 작은 나라라는 것이 있기는 있나

말로는 설명이 안 되는 나라, 멀리 내려다보이는 푸른 숲처럼 검고 그윽한 나라……, 가까이 다가가 보면 초록 잎도, 붉은 꽃도 피어 있다

깊은 산골짜기를 껴안고 있는 나라

계곡물 졸졸졸 흘러내리는 나라

다람쥐와 산토끼도 살고, 이리와 승냥이도 사는 마음속 작은 나라

조금쯤 떨어져 바라보면

오랜 기쁨과 사랑과 즐거움만이 아니라

몇 가닥 고요도, 상처도, 슬픔도, 꿈도 사는 나라, 장엄
한 진실도 제 모습 감추며 사는 나라, 더러는 발광도, 설움
도, 짜증도, 권태도, 한숨도, 우울도 사는 나라
　　당신인들 그런 나라가 없으랴
　　당신인들 그런 나라를 살고 있지 않으랴
　　오늘만이라도 밝고 환하게 꽃 피어 있어라 마음속 참 변
덕스러운 작은 나라!
　　　　　　　　　　　　　　　　—「마음속 작은 나라」 전문

　이은봉에게는 "마음속 작은 나라가 있다 평생을 두고 내
가 가꾸어 온 나라"가 있다. 그가 꿈꾸는 것은 거대 서사가
판치는 나라가 아니다. 그저 작지만 소중한 나라이다. 하지
만 작은 서사에 뿌리를 두고 있는 나라라고 해도 그것이 쉽
게, 곧바로 실현되는 것은 아니다. 서정적 자아가 그러한
환경에 대해 "되물어보다 보면 자꾸만 폭폭해진다 불안해
진다 초조해진다"는 불길한 정서에 갇히게 되는 것도 이와
밀접한 연관이 있다.
　「마음속 작은 나라」는 외부와 절연된 순수 서정의 샘에 빠
져 있다는 느낌, 자아의 한계를 보여 주는 느낌을 주는 시
이기도 하다. 하지만 그 이면을 꼼꼼히 들여다보게 되면 이
작품은 시인이 지금껏 모색해 왔던 서정의 동일성이 모두
구현되어 있다는 점에서 주목을 요하는 시이다. 그의 시 세
계들은 주로 획일성을 강요했던 권위적 문화라든가 근대 속
에 편입된 자아의 한계로부터 탈출하고자 하는 욕망을 표현

해 왔는데, 그러한 감각은 이 작품에서도 여전히 유효하다.

근대의 대항 담론인 반근대 의식의 정점에 놓여 있는 것이 자연이다. 그것은 문명 이전의 원시적인 세계와 가까운 것이다. "멀리 내려다보이는 푸른 숲처럼 검고 그윽한 나라……, 가까이 다가가 보면 초록 잎도, 붉은 꽃도 피어 있는" 곳, 그리고 "깊은 산골짜기를 껴안고 있는 나라"라든가 "계곡물 졸졸졸 흘러내리는 나라", "다람쥐와 산토끼도 살고, 이리와 승냥이도 사는 마음속 작은 나라" 등이 그러하다. 시인 이은봉은 전일성이 갖추어진 그러한 세계를 꿈꾼다. 그러한 세계란 문명의 반대편에 있는 공간이고, 경우에 따라서는 에덴동산과도 같은 곳이다. 실상 그가 갈급해하는 이 균일한 세상을 향한 정서들은 현저하게 박두진의 산문정신과 닿아 있는 것이거니와, 이는 그의 시들이 율문 정신을 넘어서는 자리에 놓이는 근거가 되기도 한다. 산문이란 다양성을 전제하거니와, 동일성이라든가 수평적 세계란 이 다양성을 떠나서는 성립할 수 없기 때문이다.

두 번째는 획일성에 대한 저항 의식이다. 그가 살았던 시대, 아니 우리 세대가 견뎌 왔던 시대는 하나의 사유만을 주입하는 단일성의 사회였다. 어제의 진실이 오늘도 그러했다는 것인데, 이는 곧 중심을 향한 사유의 강요였다. 그 결과 중심을 벗어나는 다양성은 끝내 용인되지 않았다. 서정적 자아가 가졌던 서정적 진실은 그 반대편에 놓인 세계였다. "오랜 기쁨과 사랑과 즐거움만이 아니라/ 몇 가닥 고요도, 상처도, 슬픔도, 꿈도 사는 나라, 장엄한 진실도 제 모습 감추며 사는 나라, 더러는 발광도, 설움도, 짜증도, 권태도, 한숨도, 우울도 사는 나라"야말로 그러한 단일성, 획일성이 와해되는 나라이다. 이는 곧 다양성이거니와, '다름'과 '차이'가 용인되지 않던 세계와는 구분되는 것이다.

무엇으로 어떻게 바람을 지키겠다는 것인가 그대는
손오공처럼 구름을 타고 하늘로 올라가 바람을 지키겠
다는 것인가
이마에 손을 올리고 저기 아득한 허공을 주욱 둘러보고는
불어오는 바람을 꼼짝 못 하게 잡아 한군데 꼭 묶어 두
겠다는 것인가
킥킥킥, 새들이 웃는다 새들의 웃음소리가 들리지 않는가
바람은커녕 새들조차 지키지 못하는 것이 그대 아닌가
바람보다 먼저 새들이나 지켜 보시지
새들보다 먼저 구름이나 지켜 보시지
새들도 제대로 지키지 못하면서
구름도 제대로 지키지 못하면서
무엇으로 어떻게 바람을 지키겠다는 것인가
도대체 무슨 근거로, 무슨 이유로 그대
바람을 지켜야겠다고 생각하는가
바람은 사람, 사람은 마음, 마음은 자유……, 자유가 발
길을 만들고, 발길이 역사를 만들자
바람을 지키겠다는 것은 역사를 지키겠다는 것
무엇으로 어떻게 역사를 지키겠다는 것인가

지키겠다는 것은 가두겠다는 것, 무엇으로 어떻게 그대,
바람을 가두겠다는 것인가
　　바람은 흐르는 것, 바람은 달리는 것
　　그렇지 바람은 여기저기 스며드는 것, 그러다가 별안간
솟구치는 것, 아직도 그대는 구름을 타고 있는가
　　그대가 타고 있는 구름은 뜬구름
　　손오공의 흉내 그만두고 얼른 땅으로 내려오시게
　　땅에 깊이깊이 뿌리를 내리고 미루나무처럼 하늘을 향
해 머리칼이나 날려 보시게
　　실은 이것이 바람을 지키는 일
　　지금은 바람이 그대의 여린 잎사귀들을 부드럽게 어루
만지고 있잖나.
　　　　　　　　　　　　　　　　　　—「바람의 파수꾼」 부분

　　이번 시집에서 '다름'과 '차이'와 같은 다양성, 문명 이전
의 원시성이 은유화되어 나타난 것이 '바람'이다. 이 시에서
서정적 자아는 그대에게 '바람'을 '지킬 수 없는 것'이라고 주
장하는데, 그 이유는 분명하다. "바람은 사람, 사람은 마
음, 마음은 자유"이고, "자유가 발길을 만들고, 발길이 역
사를 만들"기 때문이다. 이 시에서 '지킨다'는 말은 물론 '구
속하다', '속박하다'라는 뜻을 지닌다.
　　'바람'은 무지개와 같은 다양성을 갖고 있기에 결코 하나
의 모습이나 색으로 구현되지 않는다. '흐르'기도 하고, '달
리'기도 하며, 경우에 따라서는 '스미'기도 하고, '솟구치'기

도 한다. 따라서 바람은 다채롭게 변신하는 저 스스로의 행위에만 그치지 않는다. 타자의 말이나 행위에 개입하여 그것으로 하여금 존재론적 변이를 가져오게 만들기도 한다. 이러한 속성을 갖고 있기에 그는 그대에게 '바람은 지킬 수 없는 것'이라고 강조하는 것이다. 하지만 바람을 지킬 수 없는 이유가 따로 있는데, "지금은 바람이 그대의 여린 잎사귀들을 부드럽게 어루만지고 있"기 때문이다. 여기에 이르게 되면 바람의 물리적 속성은 현저하게 형이상학적인 정서로 변신하게 된다. 이 수준이야말로 시인이 지금껏 추구해 왔던 서정의 목표가 다다르게 되는 궁극적 지점이라는 점에서 의미가 있다. 이는 부당한 권력이나 힘으로부터 쉽게 상처받거나 소외될 수밖에 없는 존재들에 대한 애틋한 정서, 사랑과 분리하기 어렵다는 점에서 특히 그러하다.

2. 어둠과 밝음의 변증적 관계

이번 시집에서 간취看取되는 이은봉 시의 또 다른 특징은 은유라든가 상징이라는 의장意匠이 많이 등장한다는 사실이다. 실상 이러한 의장이 서정시의 근본 요건이고 문학성을 담보하는 장치이기에 서정적 의장의 강화는 이상한 일이 아니다. 어쩌면 내용보다는 형식적 요건에 우선을 두는 것이 시 양식이기에 이러한 단면들은 적극적으로 권장되어야 할 일인지도 모른다. 따라서 의미가 전면화되고 서사적 구조가 우세화되기 시작한 이은봉의 시들이 함축적이고 내포적인 담론을 병행하게 된 것은 지극히 바람직한 일이라 할 수 있다.

하지만 늘상 제기되는 문제이긴 하지만 서정시란 내용과 형식의 조화를 떠나서 존재할 수 있는 양식이 아니다. 한쪽으로 넘어가는 기울기가 성립할수록 문학성이라든가 시사적 의의로부터 거리감이 형성되는 까닭이다. 현실에 대한 냉철한 인식과 그로부터 피어나는 서정의 물결을 담론화했던 시인이 이로부터 거리를 두는 일은 상상하기 어렵다. 그는 형식으로부터 주어지는 문학성을 외면하지 않으면서 거기에 담기는 사회의 부조리에 대해서도 엄정하게 인식한다. 그러한 인식을 대표하는 양식 가운데 하나가 바로 '어둠'의 이미저리이다.

> 올해 여름에는 밤하늘의 별 보러 가야지
> 불빛 전혀 없는 어두운 곳으로 가야지
>
> 서울의 불빛, 지금 너무 밝지
> 어디에서도 별 보이지 않지
>
> 금강가의 밤하늘에는 별이 잘 보일 거야
> 어디에서도 불빛 비치지 않으니까

금강가도 공주나 부여 같은 도시는
오늘의 서울 거리처럼 밝고 환하지

청벽에서 멀지 않은 솔숲 근처에는
불빛 없을 거야 아주 캄캄할 거야

거기 대나무 평상 위에 벌렁 누워
손에 잡힐 듯 반짝이는 별 보아야지

그렇게라도 우리 오래된 희망과 꿈
바라보아야지 지금은 잘 보이지 않더라도.

　　　　　　　　　　　　　─「밤하늘의 별」 전문

　'어둠'은 흔히 부정적인 것으로 은유되거나 상징된다. 특히 시대적인 함의가 스며 들어가게 되면 이 음역은 더욱 강화된다. 하지만 이은봉 시인에게 '어둠'은 그러한 사회적 형이상학을 넘어서는 자리에서 새롭게 구조화된다. 「마음 속 작은 나라」에서 그러한 것처럼, 시인은 「밤하늘의 별」에서도 사회의 불온한 면들에 대해 직접적으로 발언하지 않는다. 이러한 방식에 기대지 않고도 서정의 목적을 달성하는데, 이를 가능케 한 힘이 바로 은유의 문학적 기능이다.

　이 작품에는 두 개의 시각적 이미지가 제시된다. 밝음과 어둠의 이미지가 그러한데, 그 음역은 일차적인 이미지의 차원에서 그치지 않고, 구조론적 은유에 이르면서 새로운 의미의 성층을 만들어 낸다. 작품의 문면에 드러나 있는 것처럼, '밝음'은 문명이고, 도시이며, 심층적인 면에서는 근대라는 형이상학적인 국면을 담아낸다. '어둠'이 부정적인 의미론으로부터 벗어나 있다면, '밝음' 또한 흔히 수용되는 일상적 차원을 벗어난다. 시인은 이렇듯 관습적으로 수용되어 오던 의미론적 층위를 가볍게 전복시켜 새로운 의미의 층위를 만들어 낸다. 그러한 전복을 통해서 그는 관습이나 전통적인 관념 속에 갇혀 있는 담론을 새롭게 씻어 낸다.

'밝음'의 이미지는 어둠이라는 물리적 현상이나 시간적 스펙트럼을 넘어서는 자리에 존재한다. 그 한 축에 굳건히 자리하고 있는 것이 문명의 이면이다. 이러한 관점에 의하면 이은봉은 계몽과 같은 근대적 가치들에 대해 결코 긍정적인 시선을 보내지 않는다. 그의 시들이 생태학적 상상력에 바탕을 두고 있다는 일군의 시사적 평가는 여기서 비롯되거니와, 그 근저를 이루고 있는 것도 '어둠'이라는 시간적 상상력에서 솟아난다.

이러한 함의를 갖는 '어둠'은 두 가지 의미론적 구성을 갖고 있다. 하나가 시간적 질서라고 한다면, 다른 하나는 희망을 예비하는 형이상학적인 질서이다. 실상 이번 시집에서 이은봉 시인이 가장 전략적으로 구사하고 있는 이미지가 이 '어둠'의 상상력이다. '어둠'이 경우에 따라서는 약간의 부정성도 내포하고 있긴 하지만, 그것은 어디까지나 새로운 새벽, 희망의 시간을 예비하는 속도의 문제로 한정될

뿐이다(「어둠이 더욱 빨리」). 대부분의 경우 어둠은 미래의 꿈과 희망에 대한 기대치를 반영한다(「드높은 밤」).

깊은 곳은 어디나 검고 어둑하다 검고 어둑한 곳은 어디
나 푸르고 그윽하다 그곳, 으스스 소름이 돋는 곳, 그곳에
는 오래된 멧비둘기가 산다

멧비둘기는 땅의 생명, 멧비둘기는 땅의 평화
생명이 땅을 떠나고 있다 평화가 땅을 버리고 있다

이제 더는 멧비둘기가 살지 않는다 소름도 돋지 않는다
하늘도 사람이 하는 이상한 짓 바라만 보고 있다

검고 어둑한 곳이 사라지고 있다 푸르고 그윽한 곳이 사
라지고 있다 이제는 누구도 쉽게 그곳, 깊은 곳에 이르지 못
한다 어디든 불빛 환하게 켜지고 있다

　　　　　　　　　　　　　　　　　　—「깊은 곳」 전문

'어둠'이라는 이미지, 혹은 그 은유적 양식과 관련하여 이
번 시집에서 가장 주목해서 보아야 할 시가 「깊은 곳」이다.
이 시를 이끌어 가는 서정의 힘 역시 어둠의 상상력이지만
이 어둠은 시간의 질서와는 어느 정도 거리를 두고 있다는
점에서 이러한 감각을 다룬 여타의 시와는 구별된다. 하지

만 시간적 질서 밖의 세계에 자리한 '깊은 곳' 역시 어둠으로부터 자유로운 것이 아니기 때문에 어둠 계열의 작품으로 분류할 수 있을 것으로는 보인다. 이러한 감각을 벌충해 주는 것이 마지막 행의 "불빛 환하게 켜지고 있다"일 것이다.

시인이 이해하는 '깊은 곳'이란 '검고 어둑한 곳', 곧 암흑의 지대이다. 그런데 그곳은 "어디나 푸르고 그윽하다"고 하거니와, "으스스 소름이 돋는 곳"이라고도 한다. 서정적 자아에게 이곳은 왜 "으스스 소름이 돋는" 공포의 현장이 되는 것일까. 이를 근대성의 맥락으로 이해하게 되면 그 서정의 암호가 금방 해독된다. 그것은 어둠이라는 이미지에서 오는 것이기도 하지만, 원시적 야만이 갖고 있는 비문명성과도 관계가 깊은 것이기 때문이다.

문명 너머의 세계, 곧 어둠이란 경우에 따라 인간의 정서나 신체를 구속하는 힘의 한 자락으로 의미화될 수도 있다. 그러한 힘이란 곧 원시적 야만의 세계인 것인데, 이러한 세계야말로 생명의 근원이고, 생태적 완결성이 실현되는 공간일 것이다. 시인이 "그곳에는 오래된 멧비둘기가 산다"고 한 것은 이와 밀접한 관련이 있다. 그래서 시인이 멧비둘기를 "땅의 생명"이라든가 "땅의 평화"라고 선언한 것이다.

하지만 그 깊은 곳, 곧 어두운 곳은 점점 사라지고 있다. 빠른 근대화라든가 문명의 침투가 그러한 공간을 점점 밝게 만들어 가고 있기 때문이다. 어둠과 밝음은 정비례의 관계에 놓여 있거니와, 문명의 침투에 따라 어둠은 옅어지고 있다. 이 시대의 최대 화두 가운데 하나인 생태론적 위기가 시작되고 있는 것이다.

이은봉 시인은 현상에 대해 직접적으로 말하지 않는다. 이를 두고 회피라고 말하는 것은 적절하지 않다. 현실에 대한, 인간의 가치에 대한 시인의 관심은 이전보다 점점 더 커지고 있는 까닭이다. 그러한 위기에 대해 그는 다른 누구보다도 경각심을 갖고 있다. 하지만 그것에 대해 무매개적인 담론을 동원하거나 직설적으로 발언하지 않는다. 그는 문학적 의장을 통해서, 엄정한 내포와 함축을 통해서 말하는데, 그러한 서정의 압박이 만만치 않게 다가온다. 이것이 이번 시집의 가장 큰 의의라고 할 수 있을 것이다.

3. 내성을 향한 윤리적 자세

이번 시집 『바람의 파수꾼』은 그의 시 세계에서 한 단계 나아가 있다. 세상을 향한 시인의 발언들이 정제되어 있고, 세련되어 있기 때문이다. 부조리한 세상에 참여하는 담론들은 흔히 무매개적으로 드러나거나 직설적인 방향으로 형성되는 것이 일반적이다. 그의 시선들은 이러한 방향으로 나아가고 있음에도 불구하고 지향하는 시 세계들이 고요하고 정밀하다. 세상을 향한 열들이 이렇게 조용하다고 해서 세상에 대한 그의 열정이 차가운 겨울이 주는 불활성 속에서 갇혀 있다고 보기는 어렵다. 왜냐하면 이때의 냉철하고 침잠된 목소리는 문학성이 만들어 낸 외연이기 때문이다. 그러한 까닭에 이번 시집을 읽게 되면 직접적인 발언보다 감춰진 내포가 오히려 더욱 강력한 에너지가 되어 독자의 정서를 강하게 환기시킨다. 이러한 힘을 가능케 한 것이 바로 은유라든가 이미지, 상징이 만들어 낸 문학적 의장의 힘일 것이다.

세상으로 향하는 서정적 자아의 시선과 목소리는 예리하고 엄정하다. 그러한 감각은 곧 세상에 대한 따듯한 응시라든가 사랑의 정서 없이는 불가능하다. 아픔을 만들어 내는 현장이나 조화의 정서가 깨지는 틈에 대한 인식 없이 새로운 세상이나 유토피아 의식을 갖는 것은 어려운 일이기 때문이다. 하지만 세상에 대한 기대, 유토피아가 펼쳐지는 현장에 대한 꿈들이 이타성에 대한 깊은 관심과 애정으로 완결되는 것은 아니다. 이러한 이타성과 비견될 만한, 비이타성에 대한 관심 또한 마찬가지의 비중으로 다가와야 한다. 이는 내성과 분리하기 어려운데, 이은봉 시인이 이번 시집에서 또 하나 전략적인 주제 의식으로 접근하고자 한 부분이 바로 이 정서이다. 세상으로 향하는 관심과 자신으로 향하는 관심이 만나는 지점이 서정의 중심축이 될 수밖에 없는데, 그 정점에 놓여 있는 것은 시인의 자의식, 곧 윤리 의식이다.

매미 울음소리 요란한 팔월 보름이다
시원하면서도 시끄럽다

매미 울음소리에 푹 빠져
지난날들 멍청하게 되돌아본다

올해 들어 무슨 일을 했나
무슨 일로 그리 바빴나

너무 피곤해 짜증을 부린 일
가슴을 치며 후회하고 반성한다

아직 덥다 너무 덥더라도
함부로 신경질을 부려서는 안 된다

세상일 다 내게서 비롯되거늘
조심하고 또 조심해야 한다

여름에는 가을이 들어 있다
팔월에는 구월이 들어 있다

오늘은 고되고 아프고 힘들지만
내일은 여전히 기쁘고 즐거우리라.

　　　　　　　　　　　　　　—「팔월의 반성문」 전문

반성문이란 내성이며, 그 주된 함의는 윤리 의식이다. 윤리란 자기애적 방향과 이타적 방향이 공존한다는 점에서 이중적인 자의식이라 할 수 있다. 세상으로 나아가는 관심과 자신으로 향하는 관심이 동시성으로 구현되는 것, 그것이 이 자의식을 구성하는 주요 요소인 까닭이다.

지금 서정적 자아가 처한 상황은 한여름이고, 그 시공성에서 매미 울음소리를 듣게 된다. 아니 단순히 듣는 것이 아니라 그 세계에 완전히 함몰되어 하나의 동일성이 된다. 이러한 황홀의 세계란 흔히 그 자체로 끝나지 않는 것이 일반적인데, 대개 그 극적인 순간에 새로운 정서의 환기가 일어나게 된다. 지금 서정적 자아는 자연이 주는 황홀 속에서 자아의 현존을 되돌아보게 된다. "올해 들어 무슨 일을 했나"라든가 "무슨 일로 그리 바빴나"가 바로 그러하다. 이러한 인식이란 내성에 있어서 지극히 초보적인 단계이다. 그러한 까닭에 여기서 어떤 윤리적인 정서를 환기해 내는 것은 쉬운 일이 아니다.

서정적 자아의 내성이랄까 윤리 감각이 살아나는 것은 이 원초적 단계를 넘어서는 자리에서 형성된다. 가령, "너무 피곤해 짜증을 부린 일"과 그로부터 생겨난 여러 불편부당한 상황에 대해 "가슴을 치며 후회하고 반성한다"의 단계이다. 그뿐만 아니라 "아직 덥다 너무 덥더라도/ 함부로 신경질을 부려서는 안 된다"라는 정서적 환기도 그 연장선에 놓여 있다. 이러한 감각은 이타성과 자기애라는 이중성 속에 놓여 있는 것이어서 두 감각이 공존할 때 제대로 된 윤리 의식이 생겨나게 된다. 하지만 이보다 더 중요한 윤리

의식이 있는데, "세상일 다 내게서 비롯되거늘"이라는 마조 히즘적 단계가 바로 그러하다. 물론 여기에 세상에 대한 이 타성이 완전히 배제되어 있다고 볼 수는 없을 것이다. 하지 만 중요한 것은 밖으로 향하는 감각이 내포된, 자기 자신으로 방향 지어진 시간이다. 여기에 이르게 되면 내성이라든가 윤리 의식이 정점에 이르게 된다. 하지만 한순간의 자의 식적인 결단에 의해 모든 것이 단번에 이루어지는 것은 아 니다. 내성이 간단없이 계속되어야 하는 이유가 여기에 있는 것인데, 이러한 단계에 이르게 되면 이는 곧 기독교에서 말하는 원죄 의식과 동일한 음역에 갇히게 되고, 다른 한편 으로는 프로이트적인 오이디푸스 콤플렉스와 같은 항상성 으로 남기도 한다.

옥수수가 익는 늦여름이다
잡풀 마구 우거진 옥수수밭에 들어가
옥수수의 몍을 비틀어 딴다

어디서든 옥수수밭에 들어가면
옥수수처럼 질긴 몍을
비틀어 따고 싶은 사람이 떠오른다

끔찍하지만 어쩔 수 없다
이순이 지났는데도, 아직 내 마음,

내 마음대로 되지 않는다

오늘도 마음공부를 하기 위해
나는 남, 남은 나, 하나는 둘, 둘은 하나
낯익은 주문, 외우고 또 외운다.

　　　　　　　　　　　　　　　　─「마음공부」 전문

　이 작품은 윤리 의식이 어느 한순간에 결코 완성되는 것이 아님을 말해 준다. 자신과 동일성을 유지할 수 없는 것들에 대한 분노의 정서를 옥수수에 비유해 재미있게 풀어낸 시이다. 하지만 내성으로 가는 길이 결코 만만한 것이 아님을 일러 주는 시이기도 하다.
　지금 시인은 이순이라는 나이에 접어들고 있다. 이순이란 '귀가 순해진다'라는 뜻이다. 순해진다는 것은 타자의 담론이나 대상에 대해 뚜렷이 거역되지 않는다는 것인데, 일상적 현실은 이러한 보편성으로부터 벗어나 있다. "이순이 지났는데도, 아직 내 마음,/ 내 마음대로 되지 않는다"고 말하고 있기 때문이다. 이는 성찰이라는 과정이 어느 한순간에 이루어질 수 있는 것도 아니고, 한 두 번의 자의식적 결단에 의해 완결될 수 있는 것도 아님을 말해 준다.
　그럼에도 그러한 도정은 결코 포기될 수 없는 것이기에, 서정적 자아는 이를 두고 '마음의 공부'라고 했거니와 그 해법 또한 매우 진지하고 논리적으로 제시되고 있다. 여기서 논리적이란 것은 서정의 질서를 무너뜨리는 일상적 담론의 세계를 말하는 것이 아니다. 마음 수련을 하기 위한 방법적 의장이 설득력 있게 제시되었다는 뜻인데, 서정적 자아가 시도하는 내성은 다음과 같은 것이다. "나는 남, 남은 나, 하나는 둘, 둘은 하나"라고 낯익은 주문을 외우고 또 외우는 과정이다. 서정적 자아는 이를 '주문'이라고 했는데, 주문이란 자기최면이며, 만약 그것이 이 단계에 틈입하게 되면 그 목적은 완성된 것이라 할 수 있다. "나는 남, 남은 나"라는 관계는 상대적인 것이며, 이러한 상대성을 인정할 때, 건너지 못할 틈은 없을 것이다. 그뿐만 아니라 "하나는 둘, 둘은 하나"라는 상상력 역시 차이나 구분과 같은 분열적 요소를 초월하는 자리에 놓인 감각이다. 상대성을 통한 절대성, 분열을 초월한 조화성이야말로 서정적 자아가 나아가고자 했던 구경적 이상이거니와 이 이상에 이를 때, 내성이나 윤리적 실천은 비로소 완결된 것이라고 이해한다.

4. 통합에 대한 구경적 이상

이은봉의 시 세계에서 『바람의 파수꾼』은 이전의 시집과 다른 새로운 영역을 개척하고 있다. 이러한 단면이야말로 이번 시집을 이전의 시집과 구별시켜 주는 인식성이거니와, 한 걸음 더 나아간 면을 보여 준 국면이라 할 수 있을 것이다. 시인은 이번 시집에서 분산적이고 파편화되어 있던 시 세계를 하나로 모으려는 가열찬 서정의 응집력을 보여 주려 한다. 아니 보여 주려 하는 것이 아니라 일정 부분 그러한 세계로 나아가고 있다고 하는 편이 옳다. 그러한 세계란 다름 아닌 원리의 세계이다.

원리란 원점이면서 세상을 이끌어 가는 이법理法이나 섭리攝理이다. 그것은 일상적 삶에서는 법과 같은 기능을 하기도 한다. 이은봉은 이번 시집에서 이 원리가 무엇인가를 탐색하고 이를 서정화하고자 하는데, 그러한 방향은 대개 두 가지 방향성을 갖고 있는 것처럼 보인다. 하나가 보편적 원리에 대한 이해라면, 다른 하나는 섭리나 이법에 대한 추구이다. 물론 이 두 가지 감각은 하나의 지점에 뿌리를 둔 것이라는 점에서 크게 차별되는 것은 아니다. 다만 전자는 담론의 차원에서, 후자는 현상의 차원에서 이루어진다는 점에서 구분된다고 할 수 있다. 먼저 담론의 차원에서 어떤 원리에 접근하고자 하는 작품으로는 「푸르면서 환한 것」을 들 수 있다.

이것의 이름을 뭐라고 불러야 하나 이것에 뭐라고 이름을 붙여야 하나 몸 깊이 도사리고 있는 것, 마음 깊이 웅크리고 있는 것, 마음과 몸을 하나로 묶는 것, 푸르른 창이라고 불러야 하나 환한 빛이라고 불러야 하나 푸르면서 환한 것, 환하면서 푸른 것

남과 나를 다르게 만드는 것, 남과 나를 같게 만드는 것, 콩이면서 팥인 것, 팥이면서 콩인 것, 그것……, 다르면서

같은 것, 같으면서 다른 것, 오늘도 이 몽롱한 것이 남이면
서 나를, 나이면서 남을 이리저리 끌고 다닌다 내가 없어 남
도 없는 것, 남이 없어 나도 없는 것

　　나를 만들면서 남을 만드는 것, 남을 만들면서 나를 만
드는 것, 동쪽에서 해 뜰 때부터 몸 깊이, 마음 깊이 들어
와 있는 것, 환한 빛이면서 푸른 창인 것, 푸른 창이면서
환한 빛인 것, 그것이 나와 남을 동서남북으로, 아래위로
마구 몰고 다닌다 남북동서도 없는 것, 위아래도 없는 것

　　남과 나를 나누면서 붙이는 것, 나와 나를 붙이면서 나
누는 것, 푸르면서 환한 것, 환하면서 푸른 것, 하나이면서
둘인 것, 둘이면서 하나인 것, 그것이 지금 몸과 마음 한가
운데서, 마음과 몸 한가운데에서 화들짝 꽃을 피운다 하늘
하늘 솟구쳐 오른다 점차 세상이 밝아 온다.
　　　　　　　　　　　　　　　　　—「푸르면서 환한 것」 전문

이 작품은 「마음공부」의 연장선에 놓여 있는 시이다. "나
는 남, 남은 나, 하나는 둘, 둘은 하나"라고 낯익은 주문을
외우고 또 외우는 과정의 연장선에 놓여 있다는 점에서 그
러한데, 다만 구분되는 것이 있다면, 여기서는 그 개념적
원리가 '낯설다'는 사실이다. 서정적 자아 역시 이를 군이 부
인하지 않는다. "이것의 이름을 뭐라고 불러야 하나 이것에
뭐라고 이름을 붙여야 하나"라고 전제하고, "몸 깊이 도사

리고 있는 것, 마음 깊이 웅크리고 있는 것, 마음과 몸을 하나로 묶는 것"이라고 하면서 개념을 확정하기 위한, '개념 연쇄의 과정 속으로' 시의 담론을 펼쳐 놓고 있기 때문이다.

하지만 담론의 연쇄 과정은 계속 진행되지 않는다. 시인이 그 연쇄의 과정 속에서 결코 절망하지 않는 까닭이다. 이러한 특징적 단면은 기호 연쇄의 과정 속에서 절망하여 스스로 통사적 의미를 포기했던 이상의 행보와는 거리가 있는 것이라 할 수 있다. 서정적 자아가 도달한 것은 「마음 공부」에서 "나는 남, 남은 나, 하나는 둘, 둘은 하나"라고 하며 주문에 몰입하려 하는데, 이 작품에 이르면 이 과정이 한층 구체화되어 현상된다. "남과 나를 다르게 만드는 것, 남과 나를 같게 만드는 것, 콩이면서 팥인 것, 팥이면서 콩인 것, 그것……, 다르면서 같은 것, 같으면서 다른 것, 오늘도 이 몽롱한 것이 남이면서 나를, 나이면서 남을 이리저리 끌고 다닌다 내가 없어 남도 없는 것, 남이 없어 나도 없는 것"이나 "나를 만들면서 남을 만드는 것, 남을 만들면서 나를 만드는 것, 동쪽에서 해 뜰 때부터 몸 깊이, 마음 깊이 들어와 있는 것, 환한 빛이면서 푸른 창인 것, 푸른 창이면서 환한 빛인 것, 그것이 나와 남을 동서남북으로, 아래위로 마구 몰고 다닌다 남북동서도 없는 것, 위아래도 없는 것"으로 심화시킨다. 그뿐만 아니라 "남과 나를 나누면서 붙이는 것, 나와 나를 붙이면서 나누는 것, 푸르면서 환한 것, 환하면서 푸른 것, 하나이면서 둘인 것, 둘이면서 하나인 것"이라는 사유에 이르기도 한다. 이러한 담론의 연쇄 과정이 말해 주는 것은 분명하다. 차이를 인정하되, 이를 강제하지 않고 자연스럽게 동일성으로 향하자는 것이다.

잘 알려진 대로 지금 이곳의 부조리한 일상을 만들어 낸 것은 나와 남을 구분하는 것이었고, 그러한 구분이 결코 하나의 지점으로 모아지지 않은 데 문제의 심각성이 있다. 하나이면서 둘이고, 둘이면서 하나가 될 때, 모든 갈등은 비로소 승화될 수 있을 것이다. 그러한 세계의 도래를 "마음과 몸 한가운데에서 화들짝 꽃을 피운다"거나 "하늘하늘 솟구쳐 오른다 점차 세상이 밝아 온다"고 한 것은 이 때문이다.

세상을 이끌어 가는 원리의 세계를 '나'와 '너'가 구분되지 않는 원리의 세계에서 찾았다면, 시인은 이러한 감각을 현상의 세계에서도 구한다. 바로 자연이라는 현상이 그러한데, 시인이 여기서 주로 모색한 것도 섭리나 이법과 같은 세계이다.

봄 햇살은 이웃집 순이의
물렁한 혓바닥이다
내 목덜미 부드럽게 핥는다

한껏 들뜬 목덜미
히히잉, 아이고 좋아라
콧소리를 내며 웃는다

봄 햇살은 아랫집 영이의
커다란 초록 숟가락이다

내 안의 붉은 앵두알
볼이 미어지도록 퍼먹는다

종촌 찐빵처럼 뽀얗게
부풀어 오르는 그녀의 볼

봄 햇살은 참기름을 두른
모듬내 시냇가의 솥뚜껑이다

동네 사람들 불러 모아
진달래 화전을 부친다

낯빛 환한 봄 햇살 그녀
자꾸만 내 엉덩이 집적거린다.

―「봄 햇살」 전문

　자연과 마주하는 시인의 시선은 대단히 긍정적이다. 자
연과 조우한 자리에서 '코가 뻥 뚫렸다'고 하거나(「싸락눈」)
'자연 속에서 웃음'을(「겨울 숲으로 가자」) 찾고 있기 때문이다.
시인이 자연에 대해 이처럼 친연한 태도를 보여 주는 것은

「밤하늘의 별」이나 「깊은 곳」의 서정성과도 밀접한 상관관계가 있다. 그뿐만 아니라 근대에 대한 부정성과 생태적 삶이 갖고 있는 중요성에 대한 인식과도 분리하기 어려운 것이다.

시인에게 자연은 저 멀리 있는 예찬의 대상이 아니다. 그렇기에 그는 그러한 자연을 모방하거나 닮고자 하는 서정적 거리를 유지하지 않는다. 시인에게 자연은 외따로 분리된 타자가 아니라 나와 함께하고 있는 동일체이다. 자연은 나에게로 틈입해 들어와 서정적 자아와 하나가 되는 것이다. "봄 햇살은 이웃집 순이의/ 물렁한 혓바닥이다/ 내 목덜미 부드럽게 핥는다"의 세계인 것이다. 여기서 알 수 있는 것처럼 그의 시에서 자연과 서정적 자아는 하나의 공통분모를 매개로 절대적으로 결합되어 있는 세계를 구현한다.

시인이 이렇게 자연을 자기화시키는 이유는 분명하다. 자연이란 섭리나 이법의 세계이거니와, 파편화된 인간, 근대 속에 편입된 채 영원의 감각을 상실한 자아에 완결성을 주는 매개이다. 이러한 감각은 「푸르면서 환한 것」의 세계를 일층 구체화한 것이라는 점에서 의미가 있다. 구체적인 일상의 현상을 통해서 통합의 매개를 찾는 것, 그것이 이은봉 시인의 자연관이라 할 수 있다.

이은봉 시인의 서정화 작업은 한결같은 면이 있다. 말하자면 서정의 심연이 있다는 것인데, 불온한 현실에 대한 경계와, 이를 초월하고자 하는 서정적 승화에 대한 열정이 바로 그것이다. 그러한 감각이 시인의 정서에 내면화되어 면

면한 흐름을 형성하고 있었거니와, 통합을 향한 정서가 그 중심에 자리한다. 시인은 이를 위해 하나의 원리를 만들어 주문처럼 외우는가 하면 현상 속에 펼쳐지는 섭리와 적극적으로 마주하고자 한다. 그러한 열정이 모아져 견고한 담론 체계를 만들어 낸 것, 그것이 이번 시집의 의의라 할 수 있을 것이다.